JN088798

豊永浩平

ちちぬはいや、うんまぬはい

講談社

月ぬ走いや、馬ぬ走い

今日（ちゅー）や海んかい行んじてぇはならんどぉ、とオバアからいわれていました。お盆なので道巡礼（ミチジュネー）があるから町はざわざわしていて、でもぼくは町よりずっとざわざわしていて、それはどうしてかっていうと、幼なじみのかなちゃんにこく白しようとおもっていたからです。ぼくはかみが長くてさらさらで、よく女の子みたいだって馬鹿にされます。あと、うんどうおんちなので、体育の授業でいつまでたっても逆上がりができないから、そのたんびにクラスのうるさいやつらからからかわれて、夏休みも、せっかくいっぱい遊べたはずなのに、さいきんは仲良しだったやつらからもハブにされることがおおくなって、あんまり遊べないままもうお盆がきてしまいました。それと、いちばんいやなのはぼくの名前です。ぼくのオジーはアメリカ人だから、ぼくのからだは四分の一がアメリカ人で、つまりくおーたーというやつなのです。もともと、なんだかカッコいいからきらいじゃありませんでした。けど、新学期にくおーたーのことがたまたま授業にでて、ついうっかりぼくはぼくの名前についてクラス中にはなしてしまったのです。もうおぼえてないけど、ぼくはアメリカのシカゴ？　って町で生まれました。だからぼくにはミドルネームがあって、それをはなしたら、クラスからすぐみんなの笑い声がきこえてきました。島尻（しまじり）・〝ケンドリック〟・浩輔（こうすけ）。それがぼくの名前です。それいらい、ぼくのあだ名は「ケンドリック」だし、すぐハロー！　ケンドリック！　とかからかわれるので、ほんとうはぼくのほうからからかってくる男の子たちとあそぶのをやめちゃったのでした。からかったりしないで、カッコいいってほめてくれたのは、かなちゃんだけでした。だから、さいきんはずっとかなちゃんと遊んでばかりです。もうお迎え（ウンケー）がおわって、今日は中の日（ナカヌヒー）だから、さいきん学校でならった分数で考えてみると三分の二にいることになります。算数はとくいです。かなちゃんとも仲良くなったのは算数のじゅぎょうで、かなちゃんが、おれ線グラフがわかんなくて、おれ線グラフわかんないー、いまの時代、インターネットで天気予報見れるしこんなのやるひつようなくない？　かな、おれ線グラフいらんとおもうー、ってグチってたとき、それを教えて仲良くなりました。ときどき、かなちゃんはこわいです。かなちゃんはよくぼくをなぐったりけったりします。女の子のパンチだから、ぶっちゃけ、あんまいたくはないけど、いらいらしたらすぐ手がでてきます。でも、かなちゃんはぼくとよく遊んでくれるし、この前とかも、ぼくがクラスのやつらに馬鹿にされてたら、ぷるぷるおこってぼくのことを守ってくれたので、こわいのは、ときどきだけです。ぼくはかなちゃんにどきどきします。お母さんに、ぼくが、かなちゃんにどきどきするのは何でだろうって聞いてみたらお母さんは、それはね、恋だな、っていいました。恋！　テレビでよく聞きます。お母さんも恋したことある？　あるよ、かなーりむかしにね。どうだった？　楽しかった？　ううん、ぜんぜん楽しくなかったなあ、だからわたしはお父さんとけっこんしたわけよ（笑）、恋より愛を選んだわけさ。恋、と、愛、って、何がちがうん？　お母さんはちゅるちゅるの耳のよこからのびてるかみをいじりながら（かんがえる時のくせです）、恋はきほん一回かぎりだけのもので、愛は、何回でもくりかえしやってくるものよ、一回かぎりの恋がくりかえすと愛になったりもするけどね、愛が一回かぎりということはありえないね、と答えました。よくわかりませんでした。ぼくは、わからないので、じゃ、ぼくが、かなちゃんを好きなのは愛じゃないの？　と聞きました、ぼくはかなちゃんに会うたびにかなちゃんを好きになるから。そしたら、お母さんはわらって、ぺーぺーだな、たかが小学生がみじかい間で好きをくりかえしてもまだまだ愛とはよべないよ、もっともっとながれる時間を間にはさんでくりかえして、そこでやっと、愛があるのかどうかっていうとこなんだからさ、というか、そんなむずかしいことひとりでかんがえないでちょくせつ、かなちゃんに好きってこく白したら？　愛はひとりでくりかえしてもいいけれど、恋は行動してナンボよ、恋が一回きりのものなんだから、その恋にまつわるものもかなり一回きりなわけで、かなちゃんが好きならいまのおまえに立ち止まってる時間なんてないぞ。お母さんのいっていることはよくわかりませんでしたが、なんとなく、正しいことだとおもったので、ぼくは夏休みがおわるまえにこく白しよう、と決めました。それで、お盆がおわったら夏はもうすぐおわっちゃうから、ぼくはお盆の内にこく白しようとかんがえました。それで、チャンスをまっています。ですが、今日、かなちゃんは、ねねね、海行かん？　とぼくをさそったので、ぼくはこく白できるふんいきではありません。オバアから、えー、今日（ちゅー）や家（やー）んかいゆくいみそーれーするからよ、ニライカナイんかいご先祖さまたちがくるからね、海には行かんよ、あぶないよお！　といわれています。海行ったらダメ？　うん、かーなーもそんくらい知ってるよ、だから海行くわけさ、そっちのほうがおもろいじゃん？　幽霊とか妖怪（マジムン）でるかも、あ、こわいならこなくていいよ、かーなーだけで行くし。かなちゃんを置いてけぼりにはできません。夕方でした。遠くから、ドン！　ドン！　ドン！　とエイサーのたいこの音がします。ドン！　ドン！　ドン！　海に行く道の公園に、青年会のにーにーたちがあつまって、トラックのうしろのほうにいっぱいのっていました。三線（さんしん）の音とかもします。白いねこの家族がびっくりしてにげます。ドン！　ドン！　ドン！　がさがさ生えたこい緑色の草のなかを、くっつき虫がひざとか太ももにくっついて刺してくるいたさもぜんぜん気にしないで、ぼくの先をかなちゃんが走っていきます。ぼくはすぐ体力がなくなるので目の前に見える緑色の草のなかをがさがさ進む白くてきれいなかなちゃんの足をおいかけて、ちょっと、まってよお、かなちゃん！　とのどが苦しくなりながらいいます。ときどき、かなちゃんがこっちをふりかえって、笑った顔。草のなかからかなちゃんの笑顔がでてくると、そのたびにぼくはじぶんのどきどきを何度も知って、やっぱりぼくはかなちゃんが好きなんだなあとおもいます。しばらく走ったあと、草に砂がまじってきて、島ぞうりのなかがざらっとして、ちくちくしてきて、それからちょっとだけまた先に行くと砂浜になって、海が見えました。ザザーン。夕日はもう見えるぎりぎりまでのところの向こう側に落ちてしまっていたので、光がちょっと見えるだけです。ザザーン。周りから、カチカチカチカチカチカチ、とかにとか虫が鳴いて動いているのが聞こえてきました。夜の海は昼よりずっとにぎやかで、生き物たちが声をたくさんだしているので、この音が聞こえているから、もう少しで夜だとおもいます。おーい、こっち来いよ、こうちゃん！　と、ていぼうの上にのぼってかなちゃんがぼくをよびました。かなちゃんはうでをいっぱい広げて風にばたばたかみと服をゆらして、もうどっちも暗くなってわからなくなりそうな空と海の間に立っていて、ちょん切られちゃいそうであぶないとおもいました。もう帰ろうよお、なんもないよお、とぼくはさけびましたが、かなちゃんは言うこと聞きません。お盆の日にさあー、海に来たら足引っぱられちゃうってみんな言うけどさー、本当かなあ？　ね、試してみようよ！　海の色はまっくらでいまにもいっぱい手が伸びてきてかなちゃんを引っぱっていきそうで、ぼくは頭のなかで、引きずられて海の下で息ができなくなってくるしむかなちゃんを想像して、こわくなり、かなちゃんを家に帰すために、置いてあるがれきの山をふんでぼくもていぼうにのぼりました。ザザーン。ぼくは、ていぼうの行き止まりまで走っていってかなちゃんの手をつかんで、帰ろう！　と言いました。返事がありませんでした。ザザーン。ぼくはかなちゃんの顔を見て青白くなっているのに気づき、かなちゃんが見てる方向をいっしょに見ました。そしたら、そこには、びしょぬれになった兵隊さんが浮かんでいました。兵隊さんは手も足もだらーんとしたまま、ぴちょぴちょ海水をたらして浮かんでいます。ヘルメットみたいなぼうしをかぶってて、顔は見えません。ザザーン。兵隊さんは、私は七十八年前に死んだのだ、と言いました。兵隊さんは低いうめき声で、私は

今や、あらゆる肩章を喪失した単なる海の藻屑の一片（ひとひら）に過ぎない。私は此の浜辺で永遠に戦火に囚われ、辱められる虜囚と成った。歴史は、或る間隔のもと宙に浮き、永劫に反復するのだ。私は陛下の大御心に反した罪を雪（そそ）ぐためこの浜辺で死の間際の繰り言を口にする、終わりはない、あの御方並びに御國（おくに）は私の許（もと）から去ってしまった！　サイパン・レイテでの大敗から、硫黄島の陥落、最早頸の皮一枚、残りうる抵抗は本土決戦の敢行の他にないというのが我々の専（もっぱ）らの心匠であり、率直にいって戦況は苦しかったが、却って最後の最後の一片（いっぺん）まで帝国のため此の身を捧げんと獅子奮迅たる戦闘に向かう活力が、此の身から沸いてきたというのもまた事実なのだ。地の利は我々の側にある。即ち逆転は充分

可能であり、否、仮令（たとえ）不可能だとしても、成しうる限りの損壊を米兵に与え此の身を帝国の血の一滴として忠心を尽くすのだ。私が所属する第六十二師団所属独立歩兵隊十三大隊が到着した最中、第七〇高地の戦火はすでに轟々と燃え盛っており、憎（にっく）き米兵相手に激戦を展開していた。麗しきすめらぎの血統をいただく我々軍人並び島民の血と汗が滲み、敢然と勝利へ邁進するための、シュウシュウ吐かれる狼煙（のろし）の如き息が充満した地下道、そこを私は進んだ。簡易的に備えられた地下の光は覚束なく、そのもとで仲間はやつれてみえたが、しかしその暗く窪んだ瞳の奥には矢張り不屈の火炎が滾（たぎ）っているのだ。私は行き交う同胞らと眼を交わしながら進んだ。あるものは片腕を落とされ、あるものは眼を焼かれていた。私は脇腹に抱えた三八式歩兵銃の握把（あくは）を震えるほど力を込めて握った。憤怒のためである。米兵は鏖（みなごろし）にしなければならない。斯くの如き南の果ての穴倉まで征き着いた我々だが、鉄火（てっか）の志（こころざし）はいまだ挫けず。神風は吹く、必ず吹く。帝国に至るまで誉れ高き万世一系の系譜は、滞ることもなければ、杜絶（とぜつ）することもまたなく、純（じゅん）なる血を保ち続けてきた。此処に致って、連合国の畜生どもに屈服するなど絶対にありえはしない、天にあらせられる大君（おおきみ）は我らの骨の髄、血の一滴にまで奉公を求めておられる、すめらぎの純血を保持した我々の荒魂（あらみたま）が一時に集結し総ての大東亜の民の熱き衷心と祈りがあの崇高さへ合致するとき、必ずや、神風は吹く。そう、そうなのだ、皇民の限界によってあつまる極点の果ての果てに神風は恩寵さながら吹きすさび、総ての憎き敵を一ト薙（な）ぎに捥（も）いでしまう。その時こそ、永久の大義の御許の床で総ての死者は憩われる。我々は抵抗し、敢闘しなければならない。即ち、私は抵抗し、敢闘しなければならない、此の身の一片までをも捧げて。天皇陛下万歳、天皇陛下万歳。私は息巻きながら些かの躊躇もなくトーチカを飛び出した。八原参謀殿が考案した反斜面陣地はまさしく妙案であり、土塁の上で急勾配を遡って行軍する、卑小な蟻に等しいまごつく米兵どもを奇襲するのに恰好だった。私は地下道になった死角の開閉口から進撃し難なく敵の喉元を捌くのに成功した。私は眼前に控えていた敵の喉笛へ三八式歩兵銃の銃剣を突き刺し、眼を見開きながら踠き、叛抗するその敵の頭部へ撃鉄を起し、引き金を引いた。視界が血煙に染まり生温く潤った鬼畜米英の血が撥ね返った。戦場は轟いていた。私は直ぐさま筒先を上げ、上方の土砂をのぼっている敵の背中へ向かい、赫い景色のなかから縫うようにして弾道を通すため狙いを定め、しかし瞬間の判断、一瞬一瞬に宿る天皇陛下の御加護を直感し、半ば祈る所作で引き金を引くのだ。音に満ち満ちた第七〇高地の一画でのみずからの発砲はそれほど響かず、鈍く微かに耳朶を反響し、私は私の手中を打ち鳴らす反動と殺意によってその戦果を知るのだった。平衡を失した敵がよろめき、抗い難い重力に従って身体の重みをも加えながら斃れてくる、その最中に私の傍に控えていた斯加式十二糎速射加農砲が火を放った。体の末端までが振動する。世界から音が失効する。私は耳鳴りの反響が渦巻くなか瞼をポタ、ポタ蔽う血液を拭って、犇めく敵のなかへ雄叫びをあげて走り出した。高く鋭い音を伴なって銃弾が脇や頭上を通過し、土埃が舞うなかへ、私は出鱈目に発砲しながら総ての遮蔽物を打ち壊す勢いで進んだ。斜面だ、眼下には無数の敵どもと荒廃した嘉数の国土、そして遥か向こうの海には、孑孑の如く水面を這っている米兵の艦隊が疎らに浮かんでいる。一億抜刀、米英打斃。殺す、私は、否、私らは生き残るためにこいつら米鬼どもを鏖殺し、屠り去るだろう。索敵ままならず周囲の状況も判別できぬまま、私は疾走した。進行方向から鈍重に私を阻むものがある。私はそれにぶつかって斃れた。翻筋斗打って、棚引く土砂の煙のなかをそれとともに転がり落ちる。上下が瞬く間に入れ替わり、その合間から銃声が耳を劈き、土煙のなかへ無方向に流れていく。私の隊服を摑み、銃口を突きつけ撃とうとする度、しかし転落の勢いに煽られ挫かれては踠く眼前の重みを敵だと認識するのに、時間は掛からなかった。口腔内の飢えと渇きを煽り立てる砂利の味を舌先と歯に感じながら、私はみずからの体に蔽い被さる敵へむかって銃剣を突き上げた。それは幾度となく空を切り、敵の銃弾もまた私のすぐ傍の地面へ撥ねる、互いの膂力を圧しつけ合う。刺突攻撃を敢行する毎に私は敵ともども高地の斜面を滑落して征った。眼が眩む廻転運動に運ばれつつ、私は遮二無二敵の攻撃を廻避し、銃剣を上方へ向かって突き上げた。それは兵営の訓練において幾度となく繰りかえされ、身体と脳髄の襞のいちいちにまで沁み込んだ動作の反復だ。私は考える間もなく銃剣を引き、銃剣を突き上げ、否銃剣を前後へ振るう此れこそが私の思考だった。土埃のなかからこちらを睨んでくる敵の眼、長い鼻、その的へ向かって私は銃剣を振るった。敵の銃が私の左耳を撃ち落とした途端に、先鋭的な耳鳴りが頭の半分にこだましたが、構わず私は銃剣を振るった。切っ先に、柔らかいものが突き当たった感覚がし、ながらくの転落はそこで一旦止まり朦朦たる土埃が舞うなか、私は敵の頭部に剣(つるぎ)を立てていることを諒解した。剣は敵の右眼の真中へ刺さっており、状況を認識した私はすぐさま強く腕を引き廻して、敵のより奥へ深々と銃剣の切っ先を埋めていった。アーアー喚く敵の眼玉と脳を抉り攪拌する、延長された身体から、私の腕へと直接肉と骨と血を掻きまわす感覚がつたわってくる。徐々に形勢が逆転した、私は血をながし力を失って震えながらへたり込んでいく敵を見下ろしながら銃剣を引き抜き、発砲した。腐った果実の如く敵の喉が赫く大破する。生き残った、窮(きわ)まった戦いだったが、やはり大神(おおかみ)の御加護は私をまだ見放していない。一ト息つくと彼方からの銃声と相俟って、風、潮騒が荒(すさ)ぶ音がする、私は左右それぞれの聞こえ方に相異があるのに気づき左耳を触ってみたが、そこにはなめらかな血とカサつき、崩れ落ちる皮膚があるのみだ。錐で肉を剔抉(てっけつ)されるような激痛が遅れ馳せにやってくる。私は失血するのを抑えるため吹っ飛ばされた左耳周辺に手をあて、周囲を見廻した。附近に入り江がみえ、戦闘の余り嘉数の高台から海の方まで転げ落ちてしまったらしく、私は綿津見(わたつみ)に惹かれる如く海へ向かって歩いた。実際、この状況下から再び地下道を潜って、上方の戦線へ復帰するのは至難だ。行軍の過程で私は易々と射殺されてしまうだろう。寧ろ海辺に潜伏し、波打ち際を彷徨する白猿どもを急襲した方が、遥かに戦況へ貢献するように思われた。初夏だ、強い陽射しの下で、掌には左耳の銃創からの血が潮（うしお）となって溜まった。私は掌に流血が満ちる度にそれを棄て、砂利交じりの険しい巌（いわお）の群れの中を海へと漸進した。日輪はいうまでもなく、私にとって福音であり、遥か高みから後方を照らす太陽は私の忠心を祝福していた。鉄と血の匂いが混じった海風がそよぎ、汗と隊服の蒸気による不快を柔らげ、眩暈のするほどの渇きを少々癒してくれたお陰で、私の足取りはより軽（かろ）く前進した。ところが、私は浜辺に到着した途端、削がれた左耳の虚ろな空洞に聞いてはならないものを聞いてしまった。そう、それを聞かずにいれば、私は斯うして溺れながら永劫の時を死の繰り言に費やさずにいられたのだ。汀（なぎさ）の潮風の音と共に運ばれてきた声、赤ん坊の泣き声、それを私は聞いてしまった。私は海辺に疎らにみえる敵の影を警戒し、繁茂した雑草に身を隠しながら声の方向を辿ると、洞穴があり、そこには胸元をはだけさせ赤ん坊を抱く姑獲鳥（うぶめ）じみた女の姿があった。栄養失調のためか啜り泣く声のようにも聞こえる赤ん坊の喚きは、しかし、附近を通るものが勘づくには充分な大きさだ。洞穴の岩をつたって反響する赤ん坊の声ともども母親らしき女は私に哀訴する、鈍く訛った沖縄方言で、助けてくれと。兵隊サン、兵隊サン、大和ノ兵隊サン。私は焦燥した。孰（いず）れにせよ敵が此処にやってくるのは確実だった。私一人なら兎も角、この女子供二人を介添えては脱出不能だ。兵隊サン、兵隊サン、大和ノ兵隊サン。日輪の陽光が脳に充満していた。喉は逼迫し、岩々によって倍加される母子の声が私を責め立てた。兵隊サン、兵隊サン、大和ノ兵隊サン。私にとって彼らは重荷だ。はち切れん程怒張した血管を額に浮かべながら奥の歯を噛締(かみし)め、私は、アーアー泣き喚く赤子を慎重に縊(くび)り殺した。アア、アア！　兵隊サンガワンヌ赤ングヮーヲクルシタ！　兵隊サンガワンヌ赤ングヮーヲクルシタ！　私は急いで短刀を抜き、子のみならず錯乱し大声で叫喚する母親までをも殺害した。私は虚脱し、青褪めながら洞穴をでた。日輪が私を睥睨していた。私は天皇陛下及び帝国のためにみずからの身を放擲して戦っている筈だ。しかし、私は、何をしているのか？　赤子の柔らかな首の肉感が諸手に残っている。私はその感触を打ち消すためより強く三八式歩兵銃を握り、洞穴の岩陰から海辺に散開している米兵に近づいて征った。私は筒先を敵へ向け発砲するため引き金を引いた、そのとき、アーアーいう赤ん坊の泣き声と、兵隊サンガ、ワンヌ赤ングヮーヲクルシタ！　という糾弾の声が再び脳裡に炸裂した。思わず私は身を強張らせ、弾道は敵からおおきく逸れた。発砲音を受けて敵は振りかえり、逆に私を銃撃する、私はその弾に腹部を貫かれた。皇弥栄(すめらぎいやさか)！　私は叫び、御身の後光が身体の隅々までに満ちるのを感じながら鮮血迸る銃創を抱えて敵兵へと吶喊(とっかん)する、低い体勢からその銃剣を敵の足へと深々突き刺し発砲する。陶然たる硝煙の香りと淫猥な血が撥ねた、**片足を喪い、呻くまま斃れていく敵兵**へ、私は蔽い被さり抜刀し闘志乃至(ないし)大神への忠心が累乗された全体重を掛けその心の臓腑を狙った、それは私が常々携えている**天皇陛下おんみずからがくださった恩賜(おんし)の軍刀**

だ。だが、その刃はあと一ト息という処で擾々(じょうじょう)たる毛が蔓延る巨(おお)きな白猿の手により遮られた。私は奥の歯をがっしと嚙締め歩一歩(ほいっぽ)と刃を圧(お)し込んでいくものの、敵兵の空いたさらなる手は銃を握っており、銃撃、私は下からまたも腹部を貫かれた。力が抜ける、よろめいたところへ続けて銃弾、完全に体勢が崩壊した私は珊瑚礁の岩々の間にある水の溜まり場へと墜落した。抜き身の短刀は私の手中から離れて、日天子の光を受け宙をひるがえった。水の中へ落ちていく私の頭上にはちょうど日輪があり、それは雲間に隠れてしまっている。魚たちが海に落ちてきた私の周囲を旋廻する。海水の塩の苛烈さに痛みながらも私は執拗に眼をあけ続け、沈みながら日輪を仰ぎ見ていた。ただもう一度、死の間際に、再びあの燦然とした日光が照らしてくれるのを祈りながら。あの光を、赫奕(かくやく)と輝く、あの太陽の光

のせいで前髪に汗くっついてべたべただし、マジウザい。理科の授業で習ったけどさ、ただでさえ沖縄って日本でゆいいつ亜熱帯気候にあるわけじゃん、梅雨くらいからはもう女子高生の前髪殺しにかかってるよねマジで。あーあ、せっかく早起きして整えてきたのにおでこにくっついてキモイし、えーみーとかからも、うわお前暑すぎて前髪熊手なってんで（笑）とかいわれるし。せめて例えるにしても銀杏とかがいいよな。なんかムカつく、

あたしってマジで、さいきんなんだかずっとムカついてる気がするなあ、たぶん生理のせいなんかもしれんけど、でも、ゆみちゃんとかに聞いてもいやお前、わりとずっとイラついてん（笑）？　とかいわれるし。性格でしょうか。いや、でも、じぶんのことはじぶんでいちばんわかるって気がするし、それがからだのことならなおさらで、それが女の子ならもっとそうだと思う。昔っから、わりとあたしの生理は重めだったたし中学入ってすぐにはじめて血がぽた、ぽたでるの経験したけれど、それがくるたびに鬱なったしそもそも子供とか産む気もないのになんで女に産まれただけでこんなクソかったるいこと味わわないけんば、ふらーやー、って毎回思ってた。股のあいだにナプキンあてて、赤くシミついた、それと色んなおしっことかちょっとイケメンみて興奮したときに垂れるぬるっとした透明な液とか、まあ、色々まじったじぶんのナプキンをとって、匂い嗅いでみたら、ツーンとしたちょっと単純な臭さともちがう刺激のつよい匂い、ちょっと鉄くささがあるというか無機質なんだけど、でもかんぜんに無機物っぽい感じのそもそもタイプが違うよねっていう拒否感とはちょっとだけ違う、なんというか、他人行儀なツーンとするニオイ。そう、それだ、他人行儀。おなじ椅子に座ってるのにぜんぜんシカトされてるみたいな距離感の近さ、あと、遠さ。そういう、じぶんのからだからでてきたはずなのにじぶんのものじゃない感じ、いちばん身近な、どこにいっても逃げられない、じぶんのからだからでてきたのにじぶんじゃない感じするから余計ブキミで余計に遠い感じの、そういう、ツーンとした鉄っぽいニオイ。これを嗅ぐたびにイヤなきぶんになる……まあ、癖みたいなものでナプキン替えるとき毎回嗅いじゃうんだけどね。まあ、それはともかく。そういえば、伊志嶺くんが、健康なひとのからだは存在しない、みたいなことといってたからさ、え、どゆこと？　って聞いたら、どうもこういうことらしい。つまり、健康なひとのからだは健康に動いてるから、からだの持ち主は、そのからだからノイズを受け取らない、じぶんの動きとか考えとかがからだに邪魔されないからそのからだがあることをいちいち知覚（むずかし〜ことばだよね）しないんだって。でも、逆にさ、病気のひととかは、何をするにしてもその病気のぶぶんが音を立てる。ノイズをだして、痛い！　痛い！　っていうから、その病気のぶぶんがあるってこと、そしてじぶんにからだがあって、そのからだが痛みのシグナルをだしてるのを知らざるをえないんだって、だから、病んでるひとにこそからだは存在している、ってこと！　ふーん、なるほどね。頭いいじゃないッスか。ま、ちょっとうさん臭げではあるけど。あと、なんていってたっけ……そうそう、たしか、これとおなじ理屈で男にもからだは存在しない、っていってたな。存在しなさすぎだろ。なんでも正確には、性的なものとしてのからだ？　らしい。男は、きほんてきに性的な欲求として、ひとからみられることは（女に比べたら）少ないし、どう考えても月経だとか胸のふくらみだとか、ホルモンバランスのくずれで体型に影響がでる割合が（女に比べたら）少ない。だから男にはからだは存在しないけど、女は、ちっさな頃から成長するにつれてどうしてもからだを自覚しちゃうし、男のひとからあきらかに欲望のひとみでみられて育つから、どうしたってからだに縛られる……という説。でもさあ、それっておかしいよ、じゃあ男同士の恋人たちとか羽生結弦とかジャニーズに昂奮するオバアさんとかは違うわけ？　男にはだの、女にはだの、そうやってでっけーことばでああだこうだいうのこそ、男っぽい暴力のことばなんじゃないの？　ってあたしが反論したら、伊志嶺くんは、そのとおりだよ、って、少しくらいは動揺するかとおもったのに全然動じずに頬づえをくずさないままでさらっと返してくるもんだから、余計ムカつくよね。もちろん、そういう身体の差異から逃れる方法はあるし、そういう方法を活路にして考えていかなけりゃぼくらはどこにもたどり着けないんだよ、けれど、そういう同性愛的欲望とか女から男に向けられる欲望は、いまの思考のバージョンだとまだまったく流通していなくて、そういう言論に上から目線で言及しちゃうことこそ、また、そういう構造に嵌っちゃう落とし穴になってしまう……みたいなわけわからんことうだうだ喋られて、まあムカつくし、いや、ムカつくというよりアレだな、もやもやする。だって卑怯じゃん？　せっかく反論したのにさ、きみのいってることはわかるし正しいんだけど、まだそれ含めて続きがあって〜、みたいなの。お見通しですよみたいな感じして、いや実際あたしあんま頭よくないからお見通しなのかもだけど、それでもムカつく。でも、とりあえず、こうやってちゃんと話してくれるだけマシなんだよなあ、っては思う。伊志嶺くんはなんかずうっと本読んでる。成績がそこそこよくて、トップクラスなんだけど、トップじゃない、そういうちょうどいい場所にいて、別に根暗とかオタクってわけでもなくて、なんだかんだクラスメイトとも仲良くて、というかどっちかというとグループ的にはヤンキー側で、よく遊んでるっぽい。さいきんはイキッた奴らにラップのMVを一緒に撮らないかと誘われているとのことで、なんかバランスいいやつだ。ちょっと頭がよくて、知識とかも色々あるんだろうけど、そこ配慮してわかりやすく話してあげますよ〜……みたいな、たぶん本人も知らずにやってる見下しみたいなのがたまにイラッとくるけど。まあ、いいやつ。やさしくはあるし。話も聞いてくれるし……そう、あたしのからだって、周と付き合ってからますますおかしくなってきた気がする。周は顔もいいし、人気も高いから告白されたときはえーみーとかの友だちはもちろんだし、モデルやってる粧裕ちゃんから（粧裕ちゃんに褒められたときはマジか〜っ！　って感じだったなあ）も羨ましがられて、もうなんというかね、ピノキオみたいな鼻になったっていうか、うーん……え、「鼻高々」？　そう、それになってたんだけど、セックスは最悪。マジで冗談抜きでバチクソ最悪だった。デートの帰りに、高校生の癖にラブホ行こことかしつこくいわれたあたりでぶっちゃけだいぶ怪しかったんだけど、ラブホって受付はきほん無人だから、料金払えば誰でも入れるみたいなこといってて。まあ、入れはしたんだけどね？　問題はその後よ。乳首つねってくるし、めっちゃガシマンだし、あたしそれはじめてだったしよくわかんなかったけどさすがにAVの見すぎだろコイッ、って思って。しかもめっちゃDキスしてきてさあ……ぶっちゅうってチューしながら太ももの間まさぐられて、ガシガシガシガシ洗濯物洗ってんのかってぐらい中指でかき回されて、もちろん痛いし、っていうかキスされながら弄られてるわけだからどう考えても体勢おかしいわけよ、なんか、そういう虫？　カマキリ系の？　みたいな体位で手マンされて、っていうかキスだってまだ一回くらいしかしたことないのに、めっちゃ舌べろべろ舐めてくるから、ほんま何なん？　って感じだよね。そんでどう考えてもお前そんな声で喋ったことないだろみたいな低い声で、キモチイイ？　濡レテキタデショ、ア、今ビクンテシタ、スグ、グチョグチョナルヨ、イキタカッタラ、イツデモイッテイイカラネ……殺すぞ!!!　ってさすがに思って、こんなのにあたしの処女盗られてたまるか馬鹿って思って、周のくちびる思いっきり嚙んでさ、チンコのあたりキックしてさ、急いで服きて逃げようとしたんだけどね部屋のドアになんかロック掛かっててさ、いくらがちゃがちゃやっても開かんくて、もうなんか泣きたくなってさ。それ金払わんとでられんぞとかなんとか周が後ろからいってきたんだけど、聞けるわけないじゃん？　もうほんと嫌で、こんなのと密室でふたりきりでっていうのがめちゃくちゃ怖いし、なんであたしがこんなからだのことで鬱なってんのにクソテクAV馬鹿野郎みたいなんにからだ弄られんといけんの、って、ちょっと病んで、ヒスっちゃってさ。それで、ここの鍵開けてくれないと死ぬから！自殺するから！　ってずっと泣き喚いてた。だからね、そんなのより、ちゃんとからだの話とか聞いてくれる伊志嶺くんみたいな男の子、好きになったほうが、絶対いいだろっては思うよ。でも、なんでかわからんけど、ピンとこないし……いまもあたし、結局、ヒガジュン先輩みたいなのと付き合ってる。もちろん、やさしいよ。セックス巧いし。でもさ、モテるから、ちゃんと付き合ってんのかなんなのかもわからんし。おなじこと繰りかえしてる気がする。いちばんからだでくるしんでるのあたしなのに、そのからだも、結局はじぶん自身で大事にしてないんだ。最近はずっとダルい。頭おもいし、なんというかからだが、からだの

関節のひとつ、ひとつからていねいに脱臼させられ、なめらかな全体の統御を奪われていた。私は、仄かに昏(くら)い防空壕の入り口に坐り、大学で学んでいた坪内逍遥訳『新修シェークスピヤ全集』について思いかえす。すでに、本を読まなくなってひさしく、というよりも、読めなくなってしまったのだった。宣戦の詔勅(しょうちょく)がくだされて以来、なべて、日常生活というものは、一切の破壊の前提を控えて繰りひろげられるものとなり、世界の関節はがたがたに外れてしまってい、時間の蝶番も、しばらく前から、馬鹿になってしまったようだ。しかし、私はハムレットではない。轟音を立て、上空を旋回する敵機たちが、あおい空を切り裂きどこかへ飛んでいった。もはやこの島など爆撃する値打もないらしい。こ

の辺鄙な亜熱帯の孤島にきて、ながらくだが、想定した交戦が勃発する気配はまったくない。壕のあちらこちらから、ため息が洩れる。安堵のものである。当直の隊員が、出入り口に坐っている私に挨拶をして、外へ出る。すると、素掘りのまま木の枠を宛(あて)がったのみの、湿りにしめった壕内から、おもったるい毛布を撥ねのけ、或るいは軍靴と素足が泥を踏みにじる音を立てながら、島の人々は蟹のように外へとでていった。水滴がしたたる音だけ残る。発進と即時待機のあいだに横たわる、途方もない間隔。私はいつ死ねるのだろう。しかし、命令がくれば死ぬのは確実なのだ。魔女どもや、妻に唆(けしか)けられ、ただひたすらに吶喊してゆくマクベス。すでに行く手には預言があって、そこにいたる凡ての道程は、単なる予定調和に変る。彼の行動の凡ては有意味であって、しかし、それ故にこそ凡て無意味な、そういう時間の外にある時間。預言とはそういうものなのだ。生のながれから意味を剝ぎとられ、私は、いま、出発を待っている。搭乗するためのユニフォオムに、戦線を離脱した際のための手榴弾、食べる場合など想定できない携帯食糧、錆びてかさついた水筒、これらを満艦飾(まんかんしょく)にかざり、私は自殺艇(じさってい)に乗り組み、その顔もまともに見ていない敵へむかって一矢報いる。そう決っている。爆裂したほのおの赤々したひかりと、渦巻き、その淼々(びょうびょう)とした、浮きつ沈みつするみずのながれのなかに、棺桶となる短艇の甲板のあいだに閉ざされ、私は、わたしを責めさいなむ濁流に淩(さら)われながら、齢(よわい)と若さの凡てを逆向きに思いかえした走馬燈に溺れながら死ぬ。そう決っている筈だった。ところが、敵の飛行機はこなかった。本陣からの補給は絶えてひさしく、ラジオから聞こえる戦況は芳しくない。南の島の女たちが、その頭上に竹かごを載せて、肩には、天秤の棒を組み、そろってゆらゆらと尻と背を揺らしながら、生まじめな働き蟻さながら浜辺を歩いてゆく。かごの中にあるのは馬鈴薯（ばれいしょ）だの、魚だのだ。出発が余りに弛緩していたので、島は、いまだ経済がまわっていた。頭商（カミアチネー）いよー、と、オバアが私に教えてくれた。精確には、私らに。とおくに控えている兵站（へいたん）の逼迫（ひっぱく）に備えて、私たちは、畑仕事にあたっていた。甘藷（かんしょ）の土をいじくり、植えつけに励んで兵舎と畑とを行き来する日々が、ながらく続いていた。ぢりぢりと照りつける八月のひかりが、私ら兵士を急き立てていた。しかし、まだいい方だと思わなければならない、本州では、飢えに飢えた人々が蘇鉄（そてつ）を口に運んでいるのだという。肝心の伝令はおとずれず、仕事の折り目を告げる、信号兵の喇叭（らっぱ）がまいにち鳴った。私は、「大和の兵隊」にはめずらしく、島民から好かれていた。それは、私の姓が島尻で、その家系のルーツに沖縄の祖をもっているからでもあろうし、また、私の性格がとりわけボンヤリしていることにも依っていよう。事実、私は、ほかの隊員と違って、慰安所にもはいらず朝鮮人軍夫を虐めたこともなかった。この第四十一震洋（しんよう）特攻隊隊長として赴任して以来、島民は私のことを、はじめは隊長と、そして、次第には島尻センセイ、島尻センセイと呼ぶまでになった。わたしらの慈父（ワッターヌキャジュウ）、と呼ぶものさえあらわれていたのだ。幾度か、アダンやリュウゼツランが根をはる入り江のむこう、風に聞く、ニライカナイの常世(とこよ)へ赴(おもむ)くように、島から数隻の震洋が出撃することがあった。伝令のためである。のっぺりとした、黒く、おもたるい波のうえで、生と死のはざまに宙づりにされて、即時待機の達しのみを胸に、別所属の隊員たちが骰子(さいころ)が振られるのをただ待っている。当然、それは彼らのみではない。彼らは冥途への先遣隊なのであって、出撃乃至特攻の伝令が敢行されれば、私らもそこに続くだろう。余り、緊張はなかった。ようやくか、という想い、そして、ついに私のこれまでが消滅し、またこれからも破壊されるのだ、という手応えのうすい実感が去来した。空洞が私の内に穿たれた。いま、私は、迫る森をまえにしたマクベスだった。出撃をまえにし、島民たちは、私たち第四十一隊を部落にまねいて、土着のうたと踊りを披露してくれた。ひとしく、島民たちの相貌は和やかだったが、それが死人に向けられるやさしさなのは明白だ。なかには、私に泣きついて今生の別れを訴えるものもあった。ひとしきり魚料理を食べ終え、三線の音色と部下や島民たちの親愛の手から逃れて、独りきりで、夜の浜辺に私はのがれた。浜木綿(はまゆう)がならんで咲き、甘酸っぱい匂いを放ちながら、暗闇のなかでしろく魂魄を揺らしていた。私は死にたくはなかったが、この死をまえにしての、宙に浮いたような時間は、ふしぎと心地よい感触があった。私は咲いていた浜木綿を捥(も)いだ。それから、その六枚のしろい花弁を、砂浜に、ひとつ、ひとつちぎりおとした。無論のことだが、名残はあった。ミルトンやらエリオットや、バイロンの詩を、専心して読みたかった。半ばで途絶している、ディケンズ『骨董屋』を読みたかった。ふたたび本州にもどり、尊敬する英翻訳者に会って、文学について歓談したかったが。花弁は直ぐに尽きた。気を持ち直して、兎に角、デスペレイトな感傷は辞めにする。私は仮にも軍人であって、一挙手一投足が、部下の命運を左右するのだ。ところが、この離別の決意も無下にして、私が発進の命令のみをのぞみに艇のエンジンを点検しているさなかに、特攻の下令はとりやめとなった。東に西に、それこそ命運は私たちを嘲弄しているようでむかッ腹が立ったものの、徐々にそれも減退し、やがて日常の倦怠（けだい）が蔓延りだした。このうやむやになった伝令の動向のあいだ、島にいる別動隊の十七名が、不注意によって死亡した。エンジン確認後、信管を挿入せんがため電路と頭部炸薬を接続したところ短絡を起こし、整備にあたっていたものらが周辺の兵舎にいた隊長もろとも爆死した。原因は、接断器のスイッチを直に繋いだためであった。島にちいさな颱風が接近したため、雨と海が荒れ、空気のなかに湿気が溜まっていたのである。馬鹿なはなしだった。敵は、いまだにその姿すらみせないというのに、私らは私らで、勝手に銘々死んでいるのである。しかし、それでも構わなかった。この南島での待機中の感情とはまた別に、私は、帝国の軍国主義を余り好いていなかった。八紘一宇（はっこういちう）は出鱈目で、万世一系の皇統は虚飾だ。私は狂信的なことばを口走るには臆病すぎ、且つ現世利益に疎すぎた。仮に、帝国が、大陸全土を征服し、大東亜共栄圏を実現させたところで、こうして死を待つのみの私に如何ほどの恩恵があるものだろうか。恭しくも、天皇の御稜威（みいつ）は、私のような特攻するほかない木っ端兵隊も照らしてくれるものか。そうは思えない。私は船艇とともに、琉球弧の海原の藻屑になって死ぬのみだろう。日々は、過ぎた。日々やってきては、遥か頭上を飛ぶ敵機の轟音を聞きながら、薯畑(いもばたけ)の土をほじくりかえし、島の裏側の洞穴で眠りこける自殺艇五十二隻を整備し、あるものは防空壕に勤務し、壕の入り口に設えられた簡易当直室で島の娘とこっそり契り、あるものは日夜のように慰安所へ出掛け、不慥(ふたし)かな淫蕩を尽くした。業務の間隙をみつけては工工四(くんくんしー)にむかっていた下士官が、三線をみごと覚え、「久高万寿主(くだかまんじゅうしゅ)」を弾くことさえあった。私は、伊藤整らの手により共訳がなされた、ジョイスの『ユリシイズ』を、合間に読んだ。その内に、敵機がこの島のうえに姿をみせなくなった。不吉な轟きだったとはいえ、毎朝欠かさずやってきては私らに戦争状態を通達し、安穏とした南の島の時間を耳ごと劈(つんざ)いては、緊張を強いる。ふいにその音が消滅したのにしんじられず、却(かえ)って、なにやら漠然とした不安が私ら兵隊のあいだに広がった。たとえ空襲を示唆するそれだったとしても、いつもあったものがとつぜん消えてなくなるというのは、拍子抜けするような、ぶきみな感慨である。補給路はやはり途絶えており、ラジオから聞こえてくる戦果は少ない。この中央戦線からおおきく外れている孤島にあっても、日本軍が息も絶えだえの状況に陥っていることは明白だった。やがて、ついには、日本ハ負ケタノジャナイカ？　という噂がではじめる。下士官たちの懸念はもっともだ。しかし、立場上、私や他の部隊の隊長は、それを流言飛語として斥(しりぞ)けるほかない。戦場の日課はその死のしこりをうしない、徐々に取るに足らない些末な日常の一齣へ変っていく。敵機が島を通過しなくなって数日、もはや誰もつかわなくなった、蚕棚さながら、積まれた壕のなかの湿りを帯びた寝台に横たわり、私は夜を明かした、傍らに日本刀を忍ばせて。それは心地よい暗闇だった。ある日のことだ、朝鮮人軍夫二名、及び慰安婦一名が殺害された。砂浜には、一夜明けてからほのかに乾いた、被害者たちが、傷痕を晒して牽引されたことで付着した血痕がなまなましい。当直だった下士官の報告を聞いて、私は、その浜辺に刻印された出血の轍をたどって、死体安置所を兼ねる部落外れのガマにむかった。うす昏いガマのなかには、ムッとする死臭がただよっており、私は軍服の裾を鼻にあてて、意を決してなかへとすすんだ。死体には蛆、蛭、ショウジョウバエなどの虫が蝟集しており、我さきにと腐肉を嚙んでいた。片手で懐中電灯で死体を照らし、そのうつ伏せになった身体を足蹴にするというほどの勢いでなく、足で突っついてひっくり返し、細かく検分する。だれも親しかったというわけでないが、相貌は見知っていたものたちで、生前の、敵意と怯えで眉をひそませ私らをみていた彼らの姿が、否応なく思い返された。わけも分からぬままこの南島に連れてこられて、表情を剝ぎとられ土のうえに臥せっている彼らに相対すると、思わず、彼らの身に起った暴力がこちらの頭にもガアンとやってき、嘔気に襲われる。毛穴から、恐怖と罪悪と保身と悲しみが混淆された、冷やっこいが、粘着質な汗を分泌しながら、私は検分を続けた。結果として、どの死体にも銃創があるのが分かった。軍夫には銃を持たせていないし、それは、当然として慰安婦や島民にも同様であるから、つまりは、私ら兵隊の内の誰かが殺したことになる。この島にきて初めての故意の殺人であり、また初めての死者。しかし、敵はまったく介在しておらず、やはり仲間内での、殺し、殺されの共喰いだ。つくづく、戦争が厭になってきた。直ぐさま、私は兵舎にもどって殺人者の捜索にあたった。義憤、といった高尚な感情ではないし、また朝鮮人たちの待遇はよくなく、彼らを殺害した者を軍法会議に処すことはむずかしかったが、それを抜きにしても、殺人者を特定することは責務だと思われた。血に惹かれての陰惨な好奇心からではなく、ヒューマニズムからくる高邁な試みでもなかった。ただ、そうしなければならない、とだけ感じたのである。隊伍のなかでは点呼が取られていたため、現場不在証明はらくに把握でき、ひるがえって、なにかしら不審な行動をしたものがいればあきらかだった。そのためか、本格的な聞き取りをはじめるまえに殺人者はおのずから出頭してきた。それは若い上等兵で、菜嘉原(なかはら)という姓だった。室内灯に、数匹、蛾が舞っている。どんよりとおもい夏の夜の湿気が、兵舎にはまどろんでおり、私はそこに彼を呼びだした。彼は予科練出身の、なかでももっとも若い上等兵たちのひとりだったが、その端正な顔とは別に、なにを考えているのやらわからないところがあり、ほかの兵士たちとの交流も疎で、捉えどころのない、仄かに厭な風采だった。きみが、軍夫と婦女を殺したのか？　そうたずねると、彼は、隠し立てすることもなくただはっきり一言、そうです、と答えた。どうして殺したのだ？　すでに、戦線は停滞している、出撃命令も有耶無耶になっている状態で、きみの罪を裁くのもむずかしいだろうが、やったことはやったことだ、私は君に訊問しなければならないのだ。すると、菜嘉原上等兵は、それが私にも分からないことなんです、と答える。軍夫たちは、偶然目に入った奴らでした、女のほうは、殺すまえに慰安所でヤッタ奴です、特に理由はありません。私は、そのあっけらかんとした口吻に些かたじろぎながら、しかし、士官の構えとしてその動揺を軍隊的な厳粛さの鎧のうらに隠蔽し、偶然で、どうして意味もなく殺せるんだ、きみは朝鮮人を憎んでいるのか？と聞くものの、そういう訳ではありません、私は、彼らのことを憎んでもいなければ好いてもおりません……私らだって、もし出撃命令が下されれば、偶然に衝突する任意の敵兵をじぶんもろとも爆殺する手筈でしょう、と気勢衰えずにいう。私は、「大和の兵隊」にしては温厚で、親しまれていると先ほどいったが、裏をかえせば、それは侮られやすい一面もあるということだ。体面こそいちおう保ってはいるものの、私のことを「大和の兵隊」的でないと、小馬鹿にして嘲っている連中の存在は耳にしていた。彼もその一派だということは、この臆しない口ぶりからあきらかだ。だが、私がそうであるように、彼もまた「大和の兵隊」的ではない。私が凡庸によたよたと追及するのに対して、彼の口吻はある種すがすがしいものがある。それはやけっぱちになったような爽快さで、ドストエフスキイ『白痴』に、余命宣告を下され凡ての行動が無為になってしまったがために、逆説的に自殺を画策する少年がでてくるが、そういった、論理に裏打ちされた、努めて冷静であろうとしながらも自暴自棄に駈られている部分が彼にもあった。事実、訊問中、幾度となく「私たちはどうせ死ぬのだから」ということばを彼は口にした。ラジオから流れてくる戦況は芳しくなく、敵機の襲来が途絶え、喜ばしい通信がはいってこない以上、いま帝国は敗色濃厚という気配なのだろう。となれば、帝国にとって、敗北はともかく、降伏というのはありえないはなしだから、凪がさざ波立つように、この沈滞した状況は伝令によって一挙に破壊され、御心のために、我々は、直(す)ぐにも凡ての震洋に搭乗して総員玉砕せねばならない。この玉砕をまえにして、彼の罪を問うのはむずかしかった。出撃を控えた彼に対して、いくら折檻して、投獄しようとも、それが如何ほど、彼の罪の裁きに貢献するだろうか。彼はこの論理を逆手にとり、半ば身を投げだして、犯すひつようもない罪を敢えて犯している。私とおなじく彼は時間の蝶番が外れた人間だった。結局のところ、訊問は、時宜をえずに不首尾となった。去り際に、彼は、兵舎の当直室の窓辺に佇みながら、裁きと隊長は私に口にしましたね、ですがね、生きたまま裁かれるのは、あなたのような人間かも知れませんよ、島尻隊長……となぞめいたことばを言い残して、去ってしまった。それから、この予言は、一週間と俟たず成就するはこびとなった。それは、なぜか。日本が無条件降伏を受諾したからである。私は、その風聞を、さいしょなんとない晴れた日に、アダンの木陰のもとで金鵄(ゴールデンバット)を喫っている航海長から聞いた。日本ハ戦争ニ負ケタラシイヨ、無条件降伏ダ、我々モ、イヨイヨ進退窮マレリダネ。霞がかった脳内に、耳朶からつたってきた、無条件降伏ということばが反響した。だが、それでも、信じ難いものはしんじがたい。私は航海長から一本もらって喫ったものの、煙草には味がなかった。翌日も晴れだった、正午、水際(みぎわ)にある兵舎の砂浜にあつまり、ラジオを錆びついた指揮台のうえに載せて、私たちはみな茫然としたまま居合わせた島民らともども、詔勅の放送を聞く……朕深ク世界ノ大勢ト帝国ノ現状トニ鑑ミ非常ノ措置ヲモッテ時局ヲ収拾セント欲シココニ忠良ナルナンジ臣民ニ告グ、朕ハ帝国政府ヲシテ米英支蘇四国ニ対シソノ共同宣言ヲ受諾スル旨通告セシメタリ……天皇の声は、私らが仮想していた如何なる声とも違っており、それは、開戦放送の際の意気軒高な軍人のかたった詔勅のようすとも隔たった、私らのような、凡庸な人民とさして変らないものだった。聴衆のなかに動揺が沈黙のうちに広がっていく……オモウニ今後帝国ノ受クベキ苦難ハモトヨリ尋常ニアラズ、ナンジ臣民ノ衷情モ朕ヨクコレヲ知ル、シカレドモ朕ハ時運ノオモムクトコロ堪エ難キヲ堪エ忍ビ難キヲ忍ビモッテ万世ノタメニ太平ヲ開カント欲ス……晦渋な文語体での詔勅の御声は、軍人や島民にその細かなところまでつたわっておらぬように見え、実際、雑音がおおくて、私にも放送は聞きとりにくかった。しかし、その真意はだれにもあきらかで、つまるところ日本は敗けてしまったのだ、という揺るがしがたい事実だけが伝播し、澱のように人々の心中にかさなっていくのだった。啜り泣きが、生まれはじめる……ヨロシク挙国一家子孫相伝ヘカタク神州ノ不滅ヲ信ジ任重クシテ道遠キヲオモイ総力ヲ将来ノ建設ニ傾ケ道義ヲ篤クシ志操ヲカタクシ誓ッテ国体ノ精華ヲ発揚シ世界ノ進運ニ後レザランコトヲ期スベシ、ナンジ臣民ソレヨク朕ガ意ヲ体セヨ……徐々に、涙は同心円的に、私ら兵士のあいだに波状していった。砂のうえに蹲り、指揮台のうえのラジオのなかの御声にむかうものも、いくらかいた。「大和の兵隊」でない島民たちは、私らのような感傷からは遠ざけられ、ただぽつねんとこの荒涼とした情景を見守ることしかできないでいるようだったが、その瞳には、皆一様に、これからどうすればいいのかという狼狽の淡い影が走っていた。赫奕とした終戦の日のひかりが、この場にいるだれしもの頭上に照っていた。荷がおもいことだが、私はこのすめらぎの御達しを引き継いで、この場のために翻訳してはなすという役廻りを担っていたがために、お聞きのとおり、日本は、残念ですが戦争に敗けてしまいました、と指揮台の傍らに立って、この底の抜けた現実をまえに我をうしなっている人々に対して呼び掛けなければならなかった。天皇陛下のご詔勅によって始まったいくさでしたから、天皇陛下のじきじきのご詔勅によって終結の幕引きがなされたのです、天皇陛下がおんみずからポッダム宣言に受諾したと仰せられたのですから、進駐軍の連中が、我々に乱暴を振るうというような、根も葉もない噂もまずありえないことです、国と国には、たとえ戦争であっても条約がありますから……こうかたっておきながらも、まず私は、私じしん発したオプチミズムを信用できなかったが、ことばの効力というのは恐ろしい。当面を切り抜けるため発した、楽観的なかたり掛けの数々は、かたっているうちに言霊の熱を帯びはじめ、さいごには、私じしん心からそうに違いないという想いに包まれた。ここから、私らとこの国とのあたらしい建設が始まるのです、これからは、もはや空襲も疎開も警報もないのです、安心して、じぶんにできる仕事をまずは始めようではないですか。演説をおえた私のまえで、いくつもの頭たちが米の穂さながら揺れた、猜疑と悲歎の眼つきをともなって。迫っていた死が、またも延期された。煮凝っていた死の緊迫の思考が、ほぐれはじめて、ただでさえ弛緩していたというのに、より日常の澱みで濁りだす。破局を前提にしたかろやかさが薄れて、日々は、ただささらなる日々に繫がるのみの一日として、鈍重さを増す。終戦してからの、私らにとって「じぶんにできる仕事」とは、まず、用済みになった兵器たちに片をつけることだった。兵器群からそれぞれ信管を抜き、そのうえで雷管を外し、大発に乗ってこの爆弾たちを外洋に投棄する。五十二隻の自殺艇の始末はそれからだ。危険な作業なので、或るいは、事故がふたたび起こるかも知れない……詔勅がくだされた翌日、私らは、早速島の裏手にあるひとけのない洞穴にはいり、作業を開始した。帝国臣民の血と汗によって設計された自殺艇たちは、森の川から沁みた、清水がそそぐ昏がりにならんで潜み、亡霊じみて名残惜しげだ。たった一日のうちに、これまで蓄積したいくさの世相は転換した、それもまったく真反対に。ところが、今日はきのうの続きで、釈然としない連続性を保っている。これから凡てが変ることだけはだれにもあきらかだった。作業にあたっている兵隊は、忸怩たるようすでその愁眉を際立たせながら、顔に陰を落として黙々と身体を動かしているものが大半だが、なかには、秘かにこれからの生活についてかたりあっているものもいた。彼らは、おもに従軍中も規律に欠けると蔑まれていた、兵士としては落第間近な人間だったものの、いまや活きいきとしているのは彼らのほうなのだ。その適応ぶりは、ただしく羨むべき資質だ、特にこれからを生き延びるためならば。私は素直に彼らを模倣して、となりにいた黒島兵曹長に声を掛けてみた。これからきみはいったい戦後をどうやっていきたいか、という、やはり昨日までならば考えられなかった問いを。すると兵曹長は、とにかくギターが弾きたいですね、もうどれだけレコード盤を廻しても、非国民にはならないわけですから、と疲弊した表情で、思わず箍がゆるんでしまったという勢いで吐露した。直後、いくら戦争が終結したとはいえ、詔勅から幾許も経たぬうちに、軍律からおおきく違反した内容を口走ってしまったと気づいたらしく、ハッと弱点を握られた危機の顔つきに変ったが、さして追及する気もない私の相貌をみてひとまず落着したようで、声をひそませてではあるものの、少し安心したようすで、彼は続けた。島尻大尉とおなじように、私の祖も沖縄ですから、これから本土には帰らず、沖縄に土着しようと思います……刻苦勉励してたいしたことのない頭に鞭打って、兵曹長まで成ったっていうのに、戦争がおわったら直ぐに御役御免だ、こんな馬鹿げたことはないですよ、いったい、私がささげた青春は何だったんです？　島のオジーから三線をならって、そもそも私には軍隊式のやり方は余りあっていないことが、はっきりしました……これから、私はわたしのしたいことだけに注力したいですね、ベニイ・グッドマンやら、デュウク・エリントンをあきれるくらい聞いたり、ギターで『ダニイ・ボウイ』を弾きながら、平和に暮らしますよ。私はふかく頷き、気の済むまで音楽をやったらいい、と答えた。それから、私は、ああそうだ、この島の従軍が解散したら私にもレコードをくれないかしら、英米文学をやってきたのだし、舶来の音楽も耳にしておきたいと思うんだよ、と提案した。黒島兵曹長の答は明快だった。いや、実のところ、レコードをひとつ隠しもっているんですよ、大尉がよろしいなら、後でそれを差しあげましょう、もう余り時間がないでしょうし……時間、という語が、会話の流れをとどこおらせ、私の頭に詰まった。終戦の詔（みことのり）がくだされたとはいえ、いまだ引揚げの目処は立っていないのだ。さすがに気がはやいんじゃないのかね、まだ時間はあるだろう、というより、私らはこれから厖大な時間にさらされるんだよ、もう殉死するひつようはないのだから……と私がいうと、彼は眼を円（まる）くして、しだいに疑わしいものをみるように、すると、大尉は死なないおつもりですか？　と、冷厳にいった。それは久しく聞いていない、帝国の冷厳さであり、また私じしんが保持している軍人の冷厳さでもあった。遅れて私は、疑問が氷解して、彼のいわんとしていることを理解する。声を殺し、しかし迫る口吻で彼は責めたてた。なにをいまさら悠長なことを、私は、あなたが殉死するおつもりだからとレコードを冥途の土産にさしあげようとしているのです、しかし、いうにこと欠いてまだ時間はあるなどと……この無茶な戦争を始めたのは、他でもなくあなたたちの世代じゃないですか、いったい何人死んだと思っているんです？　そうでなくて、こんな馬鹿げたながさの戦争の帳尻が合いますか、あなたがた士官には、戦争のあいだ、それだけの特権が与えられていたのです、もちろん、朗らかな人柄の島尻大尉にはお気の毒ですが、しかし戦争というのはそういうものでしょう、ひとつの例外も洩らすべきでないと、そう教えたのは他でもなくあなたがたなのですよ……あなたがたが厭でも、戦勝国は日本にそれを要求してきますよ、アメリカがそうですし、連合国がそうします、内地の臣民も、満州の民も、沖縄や、北海道の民もほんとうは死ぬひつようなどなかったのです、死ぬひつようがあるとすれば、こんどの戦争責任を引き受けるべき軍閥の人間たちではないですか。

彼の一気呵成に迸ったことばになまなましく露わになった真実に、私は一撃を受けた。直ぐさま、ですぎた真似をしたと黒島兵曹長は頭を下げたが、真実なのは確かだった。出撃は終わっていない、いや、むしろ、いまから私の出撃は始動するのだ。もはや伝令はひつようではない。立ち消えになりつつある国粋主義の亡霊ともども、私はわたしじしんの軍人の要請に従って、自殺艇に乗り込み、大義のみを抱いて殉死する……翌日、大分の特攻隊長が、詔勅の放送を聞いたのちに沖縄本島の中城湾（なかぐすくわん）へみずからが嚆矢となり、他の十機を引き連れて、さいごの特攻を仕掛けたと報せがはいってきた。報せを持参した将校の、特攻死したいち隊長の勇猛果敢さを称えるおおきな声が、食堂のなかに轟いた。これこそ軍人であり、大和魂さいごのほむらだということだ。異様な空気に兵舎は包まれていた。震洋に乗る、毒をあおる、或るいは腹を切る、とにかく方法はさまざまだが秘かに殉死の計画が立ち上がりつつあった。私のもとへもいちぶのファナティックな下士官たちが殉死の企てを持参した。それは誘いなどといった甘ったれたものではなく、さいごの一押し、つまり私をふくめ殉死は確定しているが、その内容はこれで構わないか、では出発はいつにすべきか、という決断を求める声だった。かたちは変ったが、ついに死の報せが私にも到着した。自殺艇に乗り込んで、太平洋の海上で、天皇陛下万歳、とひと声叫んで爆死する。もともとが脆く、実戦となっても敵艦にたどり着かず放逐されて死ぬような船体だから、無茶なのはおなじだ。救命胴衣をともない、後方から脱出は可能だが、沖から数百キロ遠い地点で決行される以上は出発した時点でまず助からない。結局のところが、敵は存在しないにも拘わらず、我々は銘々出発して、殉死するのだ。馬鹿げているというならばそもそもこの戦争じたいが馬鹿げている。私は死ぬことに異存はなかった。出発の朝、私はまだ空があけない頃に起床し、兵舎の一室にかくれて黒島兵曹長からもらった『テイク・ジ・〝A〟トレイン』をちいさく鳴らして、待機した。舶来の曲を聞いているというのに、腰には日本刀を携えて……ところが、夜がしらみはじめた頃、ドアを勢いよく開けはなって下士官がやってきた。取り乱して、私はレコードを外したが、問題はそんなことではなかった。洞穴に準備していた震洋の腹に穴が開けられている、当直にあたっていたものは片足の骨を折られて半殺しだ、彼がいうには、しでかしたのはあの菜嘉原上等兵だという。どうじに菜嘉原上等兵は、凡ての炸薬をともなって、ゆいいつ穴を開けていない一隻の自殺艇で出発したとの報告。下士官とともに私は兵舎を飛びだした、とそのとき、沖合から波をつたっておおきな爆発音が響いた。未だ暗い夜の水際を駈け、仄かにしろい水天の狭間へと向かっていくと、その向こう側には炎が立ち上っているのがみえる。いったい、菜嘉原上等兵の狙いがなんなのか見当もつかなかったものの、確かなのは、これで私らの殉死は妨げられたということだ。そして、当の上等兵本人は、海上で独り凡ての炸薬の火を一身に受けて燃えている。轟音を耳にして、眠っていた兵士たちも駈けつけてきた。私は、小舟をだして海に乗りだし、燃える一隻の自殺艇のそばに行きたかったが、それをだせる島民の姿がだれもみえなかった。波打ち際で、雁首を揃えている下士官のひとりにたずねてみると、ついに進駐軍がやってきたのだと勘違いをして、皆それぞれの避難所に引き払っているのだという。仕方がない、舟を漕いだ経験くらいは私にもあるのだ。下士官の制止をはらい、私は渚に放置されていた一隻の小舟に乗り込み、櫂を慣れないながらもあやつって沖にでた。近づくほど、震洋の炎も音もおおきさを増していく。黒く波打つ夜の海の昏がりを、そのひかりにむかって私は進んだ。自殺艇は凡ての炸薬の衝撃を受けて、海の水すら燃やすほどの勢いで燃焼していた。たいした空間もない震洋のことだ、あれほど炸薬を詰め込んだのだから、船の内部で菜嘉原上等兵はまともに呼吸するすきまもないほどに密閉されているだろう、となれば、それがいっきに弾けた以上は、その骨と髪の一片にいたるまで燃えに燃えているはずだ……火がうつらないよう、ひらけた距離から、自殺艇を中心にして私はゆるやかに小舟を廻遊(かいゆう)させた。小舟のうえで思わず立ちあがり、私はエリオット『火の説教』をつぶやいていた……マーゲートの海浜で／何が何やら思い出せない／汚れた手の裂かれた爪／家(うち)の人達は何の望(のぞみ)もない賤しい人達……ララ……それから我れカルタゴに来たれり……燃える燃える燃える燃えている／おお天主よあなたは私を救い出されます／おお天主よあなたは救い出されます……燃えてる

コンクリートの地面は足底を火傷させかねなかったので、プールについたらぼくはまずホースで水を噴射しなくちゃならなかった。朽ちかけ、腐って湿った木の板の一本通路のうえをあるいて男子更衣室を抜け、倉庫にたどりつく。そこにおもく蔦のように絡まったホースがあり、ぼくはそれを担いでふたたびギシギシ鳴らして木の板を歩く。通過する男子更衣室にはゴーグルや水泳パンツが取り残されていて、持ち主不在でかなしげにみえる。灰色の壁のあいだから、水を抜かれた腰洗い槽が見え、さらにそのむこうには女子更衣室の入り口が見える。授業中と違いいまはひっそりしていて天井から夏の陽が射しているけ

れど、そこにぼくはおしゃべりをしながら活気だってプールに向かうスクール水着の女子たちの姿を想像して、彼女たちは蜃気楼みたいにこの風景に重ね合わされた。夏休みの学校というのはなんだかふしぎに感じるものだけど、殊にプールだとそれが一層あらわで、ひとつひとつの風景にかつてあり、これからもあるだろうぼくら生徒の姿が二重になっているようだ。公立中学の旧い施設で時間の跡がはっきり刻まれているせいもあって、そこには時間をもふくめて、なにか歴史とか未来とかいったなかにいる、すべての生徒たちのイメージがおり重ねられてあるような気がしてくる。ただ、そういうものを抜きにすれば、もちろんこのプールは夏休みの誰もいないプールでしかない。シャワールームをとおってプールにでると、そこには光が溢れている。目を消毒することを兼ねて、U字形の蛇口がふたつそなわった水道のキメラが並んでいる。そこには洗剤とデッキブラシ、それにさんぴん茶が置かれている。そしてそのよこに彼女が立って、手をかざして眩しそうに目を細めていた。彼女は、そろそろと光からのがれて庇の下に後退して、ばか暑いねえー、熱中症なりそ、はやく水撒いちゃおうよ、と笑いかけてくる。あ、ごめんそういえばこれ返しにきたんだった。そういって彼女はぼくに小走りで走りよってき、まえに手渡した『グラップラー刃牙㉗』を差しだした。彼女がここにくることをぼくは知らなかった、それを受け取り、ぼくは彼女との距離が縮まり、そして途方もなく離れてしまったこの夏のことをおもいかえした。ランナー膝を負って、こうして夏の終わりにプール掃除をさせられるまえのことだ、ぼくはさいごの中体連にむけて、そして半ば彼女に会うためランニングに励んでいた。戦後の市町村合併の際に急ごしらえで山をひらき、間に合わせでつくったできあいの町、そこをバイパスは心臓につながる血管のように貫いている。陸上部の練習用長距離コースを、その日もぼくは走っていた。コースのなかでも景観がマシなちいさな山を開拓して架けられた橋、そのひらけた場所からつよい風が吹く。汗ばんだ肌を一瞬駆け抜けるその風に目をほそめて、きもちよさを感じる。長針と短針がかさなるように、鼓動と呼吸と足のはやさが一体になった。ぼくは風のなかでそのかんぜんなリズムに沿って、ただ足を踏みだしつづける。なんの苦しみもない、ただただ爽やかな昂揚にぼくは包まれた。わざわざ何も考えることはないけれど、ぼくじゃないぼくの一部がこれほどいいきぶんはないと感じてくれる。けれども、目をあけたつぎの瞬間に、その均整のとれた走りは音を立てて崩れ去ってしまった。赤い夕暮れに照らされて、いつものように彼女が橋の欄干に凭れかかっている。風によって、彼女のボブカットの髪がひるがえった。ふわりと、その端正な黒髪のあいだから、耳のピアスと金色のインナーカラーが浮かびあがり、夕陽に反射して光った。リズムが崩れる。ぼくの一定のジョグのペースはぎこちなく歯車の音を鳴らし、コチコチと時を刻みはじめた。黒島奈都紀(くろしまなつき)……ぼくのクラスメイトで、一、二年から、狙ったように出席日数ギリギリのサボりを決め込んでいた。飲酒喫煙で補導を受けて教員に噛みついたとか、学校の裏に年上の彼氏をこっそり連れ込みセックスしていたとかいったような、スキャンダラスで、下劣といえば下劣なわるい噂をよく耳にした。以前に、クラスのなかでいわゆる「ハメ撮り」がもっぱら話題に上がっていたことがあって、しかも、その動画は黒島奈都紀を撮ったものだというはなしだ。ぼくもこっそりとクラスの連中とスマートフォンを覗き見たのだけど、粗くざらついた画面のなか、黒島奈都紀?らしき小ぶりな胸の女子が、その裸体をさらして喘いでいた。ときどき、男の声が入る。セックスしているさなかに手持ちで撮られたものなのはあきらかで、画面がひっきりなしにひっくり返り、挿れられている女の子はそのブレつきのなか体位を目まぐるしく変えて、ぐるぐると回っていた。裸体の主がほんとうに彼女だったなら、見知った女の子のはだかをぼくが見るのは、アレがはじめてだということになる。彼女はこの夏休み、なぜかこの橋で待ち惚けをしていて、その横顔にほうと見とれるのが、ランニング・コースの楽しみのひとつになっていた。あの3分弱のながさの動画は、ほんとうに彼女を映したものだったのだろうか? そういう邪(よこしま)な興奮にもまとわりつかれながら、朝の霧みたいに消えた走者の調和の残り香と、微かに高鳴るおもい鼓動をおさえて、ぼくは彼女をみつめて今日もただ通りすぎる、そのはずだった。だが、その日は視線をさとく感じたのか、彼女のほうもこちらを向いた。目と目が合って、しばらくのあいだ、ぼくらはそのまま膠着していた。さきに反応をしめしたのは彼女のほうで、黒島奈都紀はとなりにくるようぼくに手まねきした。夕陽の激しさも、夏の暑さも忘れてぼくが近づいていくと、わたしさ、長距離走って嫌いなんだよね、と彼女はいった。人間って頭良いからさ、なるべく面倒を避けるために色んなものを発明してきたわけじゃん？　たぶん、それは馬車からはじまって、船になって、車になって飛行機になって電車になった。移動する面倒くささをなくすために、人間は脳みそつかってそうしたわけじゃんね、なのにさ、いまさらオリンピックとかでじぶんのからだに無理させて、なかにはわざわざクスリとか打ってまで肉体改造しようとするやつまでいる。それって、ばかっぽいことだとおもうんだよね、どうしていつもあんたは走ってるの？　メンドクサクない？　もうやめちゃおうよ、黒島奈都紀はそういった。こんなにお互いの顔が接近したのははじめてのことで、ここだ、このチャンスを逃しちゃならないぞ、とぼくは本能的に直感し、まえの顧問の受け売りを反射的に語りだしていた。もともと人間は走るために生まれたんだよ、とぼくはいう。走るのが得意な動物っていうとチーターとかを想像するかもしれない、でも、じつはそれは違うんだ。やつら、全速力だとそりゃあ速いけど、ほんとのところその速度を維持できるのは十秒くらいもない。すぐに疲れて、走れなくなる……動物っていうのはだいたいそうで、走ったら体温があがって、その熱をすぐに冷ますことができなくなる。だからそのトップスピードのあいだに獲物を捕まえるのが鍵になるんだ、けど、人間はそうじゃない。人はひつようとあらば数時間くらい走りつづけることができる。ほ乳類とか鳥類とかの恒温動物には、生体恒常性（ホメオスタシス）があるし、人間には、ほかのどうぶつと違って毛皮がない。全身でじゅうに汗をかいて、からだを冷まして、長いあいだ走っても体温を一定にすることができる。確かに、人間には知恵があるけどさ、これは馬車なんかなかった時代からそうだったんだ。太古の森とか茂みのくらがりを、人間はひたすら走って、獲物をつかまえる。それで、世界中にその数を広めることができた。だからさ、走るっていうのは人間のいちばんはじめの能力だし、ぼくらみたいな長距離ランナーは、走るあいだだけは狩猟民族として先祖がえりしてるんだ……ぼくの生体恒常性（ホメオスタシス）は、そのときうまく機能しなかった。いっきにわけもわからず喋ったことと緊張と夏の暑さでぼくの脳みそはすっかりエンストを起こして、シュウシュウ煙を上げていた。ぼくらの先祖の狩猟民族は、恋をするときもじぶんで熱をコントロールできたのだろうか？　不安だったけれど、彼女はぼくの根を詰めたまじめな口調をお気に召したらしかった。狩猟民族、先祖がえり、とつぼにはいったらしく、ちいさく吹きだして、口に手をあてて笑い、彼女は笑いながらそのことばを繰りかえした。おそらく耳慣れないことばだったのだろう、少しのあいだそれらのワードを口にし、アー、オモシロ……といったあと、ねえ、確かクラスおなじだったよね、名前なんていうの、黒島奈都紀はぼくにそうたずねた。髪をかきあげると、橋へと水平に射す夕陽に照らされて、彼女の顔は日の当たるぶぶんと当たらないぶぶんの二面が生まれて、そのあかるいほうの横顔の金のピアスとインナーカラーがやはり輝いた。それから、束の間の逢い引きの日々がはじまったのだ。決まった時刻に橋に行く、するとそこには彼女が待ってくれている。あまりながらく時間をつぶしていると自己ベストが下降の一途をたどり、顧問もさすがに勘づくおそれがあるから、決まった時刻には撤収しなければならなかった。サイヤ人の天才のベジータが悟空に勝てないのは、じつは資質のもんだいじゃなくて、幼いころに、悟空は亀仙人からだれかに勝つためじゃなくてじぶんに敗けないための修行を受けてたけどベジータはじぶんのプライドとか、サイヤ人としてとか、もしくは家族のためとかで勝とうとしてるから、いつまで経っても悟空に半歩遅れてしまう、といった話や、ASMRって略さなかったら「オートノマス・センソリー・メリディアン・レスポンス」で、直訳すると「自律感覚絶頂反応」って日本語なるからなんかなぞにエロいね、といった他愛もない話のなかで、彼女がなぜこの橋に佇んでいるのかということも、話しているうちにあきらかになった。それは学校に居場所がなく、また家でもそれはおなじなので、ここにきて二歳年上の彼氏（つまり17歳の高校生）がやってくるのを待っているのだという。年上の彼氏！　ぼくが彼女と落ち合うように、彼女もまたここで恋人と落ち合っていたわけだ。ぼくが彼女の恋人にたいして、緑の嫉妬に捉えられたかというと、そういうことはなかった。それくらいぼくの黒島奈都紀への恋心は淡いもので、どちらかといえば、それはいままさに燃えあがっている炎というよりも、これから段階を踏んでおおきくなるだろうと予感させるような種火に近かったのだ。ある日のことだ、顧問の目を逃れ、彼女に貸すための『グラップラー刃牙㉗』を小わきに抱えていつものように橋へやってくると、彼女は左の目のあたりに青あざをつくって立っている。理由を聞いても、むりに笑って答えようとしない。それ以上さきへ踏み越える勇気を、ぼくは持たなかった。『グラップラー刃牙㉗』を渡すと、そのお礼にと彼女は制服のスカートのポケットのなかから（学校にはめったに来なかったのに、彼女はいつも制服を着ていた）煙草をとりだして勧めてくれた。パーラメントのロング。ニコチンが瞬発力とスタミナを奪ってしまうのは知っていたし、なによりぼくは未成年だ。はっきりいって、ぼくは吸いたくなかった。けれど、吸わないの？　と絞りだすような声で共犯関係を求める彼女をまえにして、吸わないという選択肢はありえなかった。ぼくが煙草をくわえると、彼女はライターで火を着けた。彼女はプライベートをあまり語りたがるほうではなく、一定以上の閾(しきい)をこちらが跨ごうとすると、拒絶というほどではないにしろ、やんわりと話題の方向を逸らしてしまう。けれど、その彼女のぼやけたかたちの輪郭はたしかに、ひとつの像を結びつつあった。ぼくはずっとこういう夏をつづけていればよかったのだとおもう。しかし、ぼくの好奇心はそうさせることを許さなかった。ランナー膝の兆候を受けて、片足が痛みはじめたころ、ぼくは練習を一日だけ休んでしまったのだ。ほんとうに一日だけのつもりだった。けれどそれでもそういう一瞬の気の緩みで、すべてがダメになってしまうということが起こりうる。その日、黒島奈都紀の彼氏の存在を目にするためにぼくは先回りし、橋のそばに建てられている、いまは無人になっている廃工場の物陰にかくれた。それでどうこうしようというわけではなく、ただ興味を持ってしまったからというだけの行動。夕暮れて、赤い夕陽のひかりとバイパスをゆく帰宅ラッシュの車の排気ガスの煙のなか、彼女はきょろきょろと周囲を見渡している。けれど今日ぼくが彼女のそばに行くことはない。いつもの時刻を大幅にすぎると、彼女はあきらめて欄干に凭れ、スマートフォンをいじりだす。それはぼくがいなくてつまらなげにしているようでもあったし、あるいは全然ぼくの不在など意に介していないようにも見えた。それから日が落ち、暗闇のなかで彼女のスマートフォンのひかりによってそのすがたがかろうじて視認できるほどの時間帯になると、橋の横の路側帯に一台のオートバイが停まった。車種は赤のモンキー88ccで、いわゆる「ハチハチ」と呼ばれるものだ。モンキー・ハチハチに乗っているのはツーブロックにして頭頂部のうしろ側で黒髪をマンバンにして結んでいる男で、彼が身を乗りだし……**ナツキ！**　と呼ぶ声が、ぼくにもはっきりと聞こえた。黒島奈都紀はふりかえってスカートのポケットにスマートフォンをしまい、親しいようすでオートバイに駆けよっていく。それから、その太ももを一瞬むきだしにして道路の柵を乗り越え、彼女はモンキー・ハチハチの男のうしろにおおきく股を開けてまたがり、二人乗りの格好だ。柵を乗り越えるときわずかにあらわになったしろいひかがみと、そのオートバイにまたがるときの身のこなしは、ぼくの頭であのいつか見た動画のはだかに結びつき、黒島奈都紀とあの裸体のイメージが直感的に繋がれた。オートバイが遠ざかっていくのをなにやら茫然としたきぶんでぼくは見送った。

それから、こんなことはすべきじゃなかったんだ、とつよくおもった。実際、ぼくはこんなことはすべきではなかったのだ。片足の痛みが増すのに呼応するように、翌日から、彼女の姿はランニング・コースから消滅してしまった。いちにち来なかったから、怒ってしまったのだろうか。あるいはもしかしたら、もうぼくに興味がなくなってしまったのだろうか。そういったような恐れが頭によぎってはいたけれど、彼女の行動のすべてがぼくを中心に回っていると考えるのは馬鹿げていた。単純に、あのモンキー・ハチハチの男との待ち合わせ場所が変わってしまったとか、そういう些細な理由に違いない。つぎの日も、そのつぎの日も、彼女のすがたは見当たらない、地面へ一歩踏みだすたびに、微かな電流の痺れみたいな痛みが片足へとながれて、日ごとに増してゆく。おもい夏の暑さと恋愛のしくじりが倦怠感として棲みついた。ランニング・コースの下り坂をくだると、景色のなかに彼女がいないのが視界に入ってくる、そのとき足に虚脱感と痛みがかさなってやってきた。そのおもさにぼくは耐えきれずに、ちいさくうめいてガクンと転倒してしまう。目のまえには陽炎がのぼるアスファルトがあって、立ち上がれず、片足をひきずって道のわきに這って避けるしかない。セミのざわめきが耳に近くて、頭のなかで反響していた。それからけんけんで、片足だけで飛び跳ねてどうにか校舎までもどると、たぶんランナー膝ってやつだ、というのが顧問の判断だった。残念だけど、いまの時期にこうなっちゃ大会はダメだろう、頑張ってたろうにさ、おまえも運のないやつだよ……こうして、ぼくは中体連に出場する代わりに、プール掃除にあたることになったのだ。そして、いま、なぜだか目の前には焦がれた彼女の姿があり、運動場から吹いてくる、微かなカルキの匂いをふくんだ爽やかな風にひるがえって、夏のおわりにしろい制服をはためかせている。プールにくるまえ、それぞれ掃除のはじまりとおわりには、職員室へ行って、日直の先生へと報告をしなければならないのだが、今日もぼくはあいまいに夏バテしたあたまで職員室へむかっていた。へやの中央の壁にはテレビが備えつけられており、甲子園中継がながれている。中継は正午になるとRBCの県内ニュースに切り替わるのだけど、今日ながれたニュースは、夏の暑さでふやけたぼくのあたまを揺さぶるには充分すぎるものだった。「今日ノ朝方、那覇市ノ若狭デ、二人乗リノオートバイハ海岸沿イノガードレールニ衝突シ、女子中学生ガ死亡スルトイウ事故ガ」……ぼくはその淡々としたキャスターの声に反射的にテレビのほうをむく。液晶の画面のなかには、オートバイと、こびりついた血の軌跡がなまなましく映しだされている。そしてそのバイクの機種はほかでもなく、いつか見たあの赤のモンキー・ハチハチだったのだ。カメラはパンのうごきでゆっくりとひしゃげたハンドルとフレーム、粉々に砕けたヘッドランプの残骸を捉える……「今日午前6時過ギゴロ、オオキナ音ガシテ見ルトバイクガ事故ヲ起コシ、高校生クライノ若イ男女フタリガ倒レテイルト、釣リヲシテイタ男性カラ通報ガ」……まだ彼女だと確定したわけじゃない、ぐうぜん、おなじ赤のモンキー・ハチハチに二人乗りしたどこかの不良と、おなじくぐうぜんそいつと付き合っていたかした、彼女に似た境遇の女子中学生が事故ってしまっただけかもしれない。けれど、耳にはいってきた教師たちの会話が、その楽観的な逃避の考えをすぐさま打ち砕いた。コレ、3年ノ女子ヤンバ？　アノ不良ジラーシテタ……ヤサヨ、ヤクトゥ、イマ担任ノ先生ハタイヘンシテルヨ、朝カラ警察ト親ノトコロ行ッテサ……ヤシガヤナ親ダッタンダロ？　コノ子ノ親ハ……可哀想デハアルヨナ……強烈なつよい日ざしに包まれて、彼女のすがたはしろく、その輪郭は夏の風景に溶けてしまいそうなほどほそかった。足怪我したからプール掃除してるんだって？　悲惨（ちむい）だなあ〜、暇だしさ、手つだってあげるよ！　彼女はそのしろい裸足を炎天下にあかるくさらして、古びた熱いコンクリートのうえを歩き、ホースでおもうまま水を噴射した。水は夏のしろっぽいひかりのなかできらめいて、時間はゆったりとながれる。底のほうにある錆びをこすりとり、自然発生した藻に絡みおかされているセミやトンボの死骸をすくうと、掃除はいち段落したので、ぼくらはプールサイドにならび、日直の先生が持ってきてくれたアイスを食べた。きみはもう死んでるんだろう？　と聞く勇気はぼくにはなく、夏のながれのなかで、溢れる光のなかを彼女は歩く。夏風にひるがえる紺のスカートから、そのなめらかな無垢の裸足を夏の終わりにさらして。そして、ひかがみから伸びるしなやかな下肢はすでに失われてしまっているのですが、夜ごとにケンドリックはその**ないほうの足**を抱えて、涙と脂汗を大量にながしながら呻きます。褥（しとね）は汗みずくになり、嗅ぎなれた血と膿と糞尿のにおい、それに硝煙のかおりさえして、寝床には蚊がまとわりつきケンドリックを責めたてます。彼のまえにやってくるのは、腐肉をぼたぼたと滴らせながらマラリヤに罹って暗闇のなかで死んだ仲間や、眼前で炸薬をもった日本兵に抱き着かれ、爆発してしまった仲間、憤りと無念を独りつぶやいていたじぶんが殺した敵、見殺しにしてしまった捕虜の女の子、大勢の戦場の亡霊たちです。彼らは、失われた片足を取り囲み、ケンドリック、ケンドリック、ウェアアーユウゴオイング？　オオ、ケンドリック、ドゥナットウォオクソーファアスト……あるものは英語で、あるものは日本語で彼を責めたてます。それは幻ではなく、実際に、わたしにも見えるほどに、亡霊たちは枕もとに総立ちしていたのです。白人の大のおとながまるで悪夢に怯える子どものようにオンオンと情けない声をあげて、枕もとにやってくる、かつての敵兵や仲間たちに見張られながらない足の痛みに叫んでいるのは、あの戦争のときに、わたしが聞かされていた「鬼畜米英」といった姿からはあまりにもかけ離れていて、毎夜のようにそれをみていると、ふしぎな感慨をともなった痛ましさに捉えられました。もっとも、ケンドリックは駐留米軍のなかでもとくべつ繊細な性質で、ときおりたずねてきた友人たち（これは生きたほうの方々です）からもよく揶揄われていましたけれど。シカゴからこの手紙を送るにあたって、まず、夫のケンドリックのいわゆる幻肢痛から語り始めるのは、わたしが、兄さんにわたしの生きてきた過去を知ってほしいからです。敵国、もっと直截的な言い方をするなら宗主国の男へ嫁いでいってしまったわたしのような戦争花嫁たちが、あまりよい見方をされないのは、当然のことだとおもいます。けれども、わたしは、それでも生きてきたのだ、というこの胸のうちを、なんのてらいも隠し立てもなく兄さんにつたえたいとおもったのです。はっきり書いてしまいますと、わたしにとって、兄さんは憧れでした。わたしの家はほかの百姓たちの家とおなじように貧乏でしたから、遠い海のむこうに、わたしの血を分けた兄がいる、ということを考えただけで、胸が高鳴ってしようがなかったのです。以前、といってももう戦前（よく考えれば、ふしぎなことばですね。だれしもが、あの戦争は永遠につづくのじゃないかとおもっていたのに……）のころですが、わたしたち家族が安穏に暮らしていた草の家に届いた、あなたの写真。大学の同窓たちのなかで黒いタキシードを着こみ、どこか遠いところを目を細めて睨んでいるような、端正な顔だち。生まれてこのかた南の島での暮らししか知らない女学生でしたから、イギリス文学を嗜むような、都会のモダンボーイに惹かれないわけはなかったのです。たとえそれが、腹違いの兄だったとしても……わたしは、あなたにむかって幾度となく手紙を書きました。けれど、それは宛先のない手紙でしかなかったのです。お会いすることはできずとも、せめて、こころに引っ掛かるきれいな薔薇の棘のような手紙をと、書いては捨て、書いては捨てを繰りかえしてきました。

けれど、結局送るに送れず、せめて付け焼刃でも構わないから学のある兄さんに通用するようなうつくしい文章を書こうと、あなたに倣ってわかりもしない文学なぞを読み始めました。もっとも、岩波からでていた金田鬼一訳の『グリム童話集』から始まった読書遍歴でしたから、わたしが好きこのむようになったのは、兄さんとはちがってドイツ文学のほうでしたけれどね。それだけに一層、あのさきの大戦で国粋主義をつよめた日本が、枢軸国としてドイツ第三帝国と結託したことには複雑なおもいを抱いたものでした。いまではよく知られていますが、いわゆる「ドッペルゲンガー」というものがありますね、じぶんそっくりなもうひとりのじぶんがあらわれて、それで、じぶんとそのもうひとりとの区別がわからなくなって、狂ってしまうというやつ……ハイネやホフマンがえがいた影法師を恐れた若いわたしにとって、当時のドイツには、まるで夢物語だった妖(あや)しい影が幕間の壇上から降りてきて、現実をことごとく侵し尽くしてしまうような恐怖を感じました。ワグネリアンとして知られるかのヒットラーが、その人心掌握に長けた長広舌をふるう過激な演説のなかのひとつひとつの身ぶりに、『タンホイザーとヴァルトブルクの歌合戦』や『ニーベルングの指環』の熱狂的なオペラの音が、悪しきかたちでやどっている、それは、なにか悪しきものが「ドッペルゲンガー」として歴史のなかに棲みついて、歴史そのものを乗っ取ってしまうようだと……だからこそ戦後になってから日本でも翻訳された、あのドイツ系ユダヤ人の少女の日記を読んだとき、ようやく歴史の亡霊みたようなものが祓われつつある、とわたしは予感させられたのでした。物語は世界をうごかすに足るものだし、わるい物語はよい物語を改竄してしまう。その逆もまた然り……という、ちょっとロマン派すぎる考えが、わたしの歴史認識の立場です。失礼、はなしが逸れてしまいましたね。特攻兵として南の孤島に従軍した兄さんにこんなことを書くのは釈迦に説法でしょう。わたしのはなしに、もどらせていただきます。子どものころの記憶というものは誰しも曖昧なものでしょうし、例に洩れずわたしもそうでしたから、ほんとうに戦時中の思い出というのは、断片としてだけいまのわたしの頭のなかにあります。母の子宮の羊水のなかにいたような、溶けるような、記憶のかけらのなかで、本と戦争のイメージがひらひら舞っている。ぼんやりした子どもだとよく言われていましたが、そんなわたしの確固とした、原初にある風景というのは、捕虜として投降した際のときです。すでに戦争が終結したことは正午のラジオ放送で知らされていました。小学校の煤けた運動場のグラウンドに、アメリカアたちが銃を握ったまま立っていて、わたしが、あまんかい母(あんまー)いるよ、母(あんまー)たち(たー)がいる、と指さしで米兵たちに助けを乞いました。それからわたしたちは家族で投降することとなったのですが、そのときのトラックの荷台に赤ら顔のサンタクロオスのようなアメリカアとわたしたち家族で乗ったときの風景が、いまでも忘れられないでいるのです。教科書でみた、拡大された月の表皮みたいに穴だらけで、荒れにあれた焼け野原のなかに、ミノムシさながら黒く丸まって人々が死んでいます。わたしと妹と米兵はなにも喋らず、ただ黙ってその走りゆく光景を眺めながら、ただその沈黙のなかで母が頭を抱えて、あいえなあ、どうしようか、捕虜取られて……とつぶやいている、あのめくるめく一瞬間の光景。それがわたしの人生の核にあって、そこからわたしのほんとうの人生は始まったのでした。トラックがむかったさきは宜野湾にある収容所で、どうみても捕虜全員が収容できるほどのスペースは確保されておらず、避難民たちはヤンバル竹を積んできて、みずから茅葺きの家を建てなければなりませんでした。当然のことですが、キャンプのなかでの生活は楽なものではなく、わたしたちはつねに飢えと病気と暴力の不安にさらされていました。母はしょっちゅう脚気や夜盲症にくるしんでいましたし、飲み水もちかくの井戸から汲んできたもので、泥やボウフラが浮かんでいることもあり、わたしと妹も下痢には悩まされました。けれど、つらかったかといえばそれはすこし違うのです。戦時中のいつ死ぬのやらわからない、頭がおかしくなってしまいそうな緊張はなくて、どうにか生きられているし、これからも生きていくのだ、という、生活に根を張った充実感がありました。どんな状況にあっても希望というのは人間にとって何ものにも代えられないのだと、わたしはこのときに強く実感したのをおぼえています。当時のわたしにとって、希みはわりあい具体的なかたちとしてありました。それはアメリカアが配給するビスケットと豆の缶詰、ときおりくれるチョコレイトに、それに、なによりなにがあろうと肌身離さずもっていた、三笠書房から出版されていた『ヘルマン・ヘッセ全集⑦』の存在でした。これは戦前に父がわたしに贈ってくれたもので、『孤独な魂』や『車輪の下に』などが収録されていた巻です。もともと、幼いわたしにとっては内容がわかるわけもなく、暇さえあれば読みかえしては頁を繰っていた本だったのですが、収容されたさきのキャンプで、父がレイテにて戦死した、という一報を知らされてからというもの、よけいに手放すことができないものになりました。それは父の形見でしたし、わたしと父を繋ぐゆいいつの紐帯でした。生活でのはたらきの合間を縫って、まいにち頁をひらいては読みすすめて、読みおわってしまうとまたさいしょにもどって読みかえし始める……というサイクルが、わたしにとって確かな希望としてあったのです。さて、そうして送っていた日々には、事件がいろいろ起こりました。悪鬼羅刹と教わっていたアメリカアのすがたはまちまち、ときに彼らは紳士となり、ときに鬼と変るのです。はじめ、わたしたち捕虜のまえにやってくる米兵たちは、親愛に満ちあふれた大柄の男たちに見えたのですが、それと相反するように食糧を略奪していくもの、白昼堂々テントに侵入し娘たちへ暴行をふるっていくものたちも後を絶ちませんでした。わたしたちは、彼ら暴君の気配を感じると、テント内にあった鐘や拾った薪などを打ち鳴らし、互いに連絡を取りあって警戒をつたえあったものでしたが、それでも無作為で圧倒的な暴力の手から逃れるのはかんたんではありません。夜中、おおきな影たちが嵐のようにとつぜんテントのなかに入ってきては、瞬く間にわかい女たちをさらって戸外へと去ってしまう。ぐうぜんに逃れえたわたしたち女は、砂浜の蟹のように身を寄せあってしばし茫然としたまま、テントのなかに取り残されます。しばらくすると、かどわかされた娘たちは上半身の服を乱されたすがたで帰ってきて、出入り口の暗闇のなかで、灯りを受けて立っており、そのあらわになった一糸も纏わない下半身の割れ目からは赤い血が太ももを汚して滴っている……わたしたちは、その無残な痕がなまなましい娘を迎えいれて、ひしと黙ったまま肩や腕を組み合い、手を取りあって円陣を組むのでした。しばらくの間、わたしたちはそのような生活を送っていました。やはり食事はずっと質素で、近くの山にはいり茅を摘む共同作業に従事すると、報酬として一杯分のみそ汁と豆入りの握り飯などがもらえたので、わたしたち家族はそれといっしょに、田んぼで捕まえてきた蛙を剝いで食べました。いまでは考えられないことですが、蛙といっても貴重なたんぱく質、栄養の乏しい日々には欠かせない食糧だったのです。成長するにつれて、わたしは、ジュニアハイスクールの生徒として学業に励んだのですけれど、やはり貧しい時代のことでしたから、勉強する時間はなくて結局辞めることとなってしまいました。戦世（いくさゆー）だからと、周囲のひとびとには慰められましたけれど、それでも学びたいことを学ぶことができない、という悔しさはいまでも昨日のことのようにおもいだせます。教科書に載っていた「戦後の日本は民主主義を採用することとなりました。」ということばが、強く印象に残っています。蛍雪の功、と自称するのもおかしなはなしですが、代わりに、わたしはみずからができることとして、すこしだけ習ったミシンの技術とドイツ系の人文学の本を、できうる範囲で勉学しました。これはいまでもわたしが自負として胸に抱えている誇りなのです。おもうまま勉強できる時代ほど、よい時代はないとわたしは考えます……さて、わたしたち家族は、それからというもの各地を転々とさすらう時期をすごしました。やっとのおもいでかつての家にもどってみると、そこはすでに米軍に水源地として接収されてしまっていて、立ち入りが禁じられていました。家族は与座の基地周辺に、仮住まいの宿として間借りすることになり、わたしはといえば道路工事のお手伝い、中学校校長の家へ住み込みでの家事手伝い、それから、ヤミ市をはたらいていたあくどい主人への奉公（ここでの生活はひどいもので、あまりおもいだしたくありません）など、さまざまな場所を転々と移ろっては時代の波に揉みくちゃにされました。その頃はちょうど五〇年代にはいったところで、復興の兆しが各地で高まっていましたし、ちょうど家のほうは宮崎に疎開していた私の実の兄が帰ってきたので、女手だけで切り盛りしていた家計も徐々に豊かになりつつあったのです。わたしが満足に通えなかった学校にも妹は行けるようになりましたし、それに従い、わたしも歓楽街のコザの料亭で働くようになりました。また、与座のほうで農業を営んでいた男性数人から求婚が相次ぐようになり、わたしはいま、女性として大事な時を迎えつつあるのだとうすうす感じつつありました。けれどわたしは嫁ぐことにも、農業に携わるのにもいまいち関心はなく、なにかうすぼんやりと夢中夢のなかにいる心地で働きづめるばかりで……足踏みなのか、それとも考えることすらできないほど忙しかったのか（たぶんその両方だったのでしょうけれど……）、しかしそんなわたしに構わず、世間は一分一秒ごとに轟々と音を立ててうごいてゆきます。働いていた料亭の周辺では、コザ十字路を軸にするようにして区画整理が進み、映画館ができ、ステーキ屋が、性風俗店ができるようになって、活況をしめしていました。夜になるとそこらじゅうを米兵たちが徘徊し、カタコトの日本語で女の名を呼びながら、ひっきりなしに欲望のはけ口を求めていました。畑のなかで犯されたすえ、腹を裂かれて女性が殺されるといったたぐいの血腥い噂が、まいにちのように出回っており、けれどわたしはその危険からぎりぎりで身を躱すようにして、料亭の番頭やお客のアメリカたちと体をかさねました。占領下の沖縄は無法地帯で、性と暴力の気配があたりいちめんに瀰漫しており、そのなかでわたしは、危なっかしい足取りで女として成熟しつつありました。半ばヤケだったというより、戦後の高揚にあてられていたのかもしれません。豊かさが増したせいだったのでしょうか、生きる以外にはなにもない、貧しさの底にあったときの緊張の糸が弛んでしまって、わたしは箍が外れたように身をほうり投げるようにして、日々をある種の賭けとして生きていました。ここでいままでのわたしが壊されてしまうのならそれまでだ、それならそれで、壊れてしまって構わない……といった心持ちです。このころのわたしはゲーテやシラーやマン、ノヴァーリスといった古典的な作家からは一旦離れて、カフカにブレヒト、それからハイデガーまで古本屋でやすく買って読んでいました。文学や哲学はインテリが嗜むものだという風潮はいまより激しかったですし、それにくわえて、わたしの場合だと「沖縄の女が……」という枕詞まで付くのですから、馬鹿にされることもしばしばでした。しかし、それがどうしたというのでしょうか、本を読むのに理由だとか、わかるとかわからないとかいった観点が必要でしょうか？　わたしはそうはおもいません。兄さんなら、わかってくれるようにおもいます……さて、そんな荒んだような、それでいて華やかなような疾風怒濤の時代に、わたしはケンドリックと出会ったのでした。彼と出会うのがもう少し遅ければ、あるいはわたしは米兵たちに目をつけられ、陰惨な死に方を遂げていたかもしれません、彼があらわれてくれたことには、なにか人生の転機を予感させられるようなものがあったのです。しきりに料亭にきてくれて、自動車の整備士として軍に雇われていましたから彼の羽振りはよく、カウンター越しに、わたしはそのにぎやかさを手の届かないものだと、ただまぶしく眺めるばかりだった日々……けれど会話を交わすうち、家族のはなしをとおして、彼がやさしいひとだとわかったのです。デートの約束はいつも米軍基地からの電話ででした。いつのまにやら、わたしはあのネオンサインの向こう側に引っ張り上げられ、週末のダンスホールで彼は片手にウィスキー、わたしはコーラを飲んでダンスをする、彼はちいさなわたしの身長を補って、わたしは彼の欠損した片足を補う、そのダンスはふしぎに調和がとれた心地のいいものので、えいえんにつづくようにさえおもえる。お互いとも、ちょっとばかり背伸びした青春でした。彼にたいして肌をゆるしてからというものわたしの性的な奔放さもしだいに薄れ、その代わり、いままで経験したことのなかった愛情のあたたかさが日増しにましてゆきました。ワンナイトだけの楽しさへの興味よりももっと別のもの、このひととおなじ日々を何度となく繰りかえしたい、というかたちのあたらしい希みが芽ばえ始めたのです。すぐに結婚のことが頭によぎりました。けれども、家族からの反応は頗る(すこぶる)わるくて、賛成してくれたのは妹くらいでした。かつての沖縄では、女性の参政権が本土よりもさきがけて付与されたという誇りと、日常的に横行するアメリカアからの性暴力という屈辱があわさった状況下でのことで、国際結婚はよけいに歓迎されなかったのです。兄にはわたしのしたことは婦人の地位向上の妨げだといわれ、母からは、お前(やー)はアメリカアぬ売女(パンパン)をわたしらの一族んかいだすつもりでいるのか(わったーぬうぇーかんじゃすんぐわーしーしうるがや)!? とはげしく責め立てられました。家族(やーにんじゅ)の恥やさ、といわれ街の往来で母から頬をはられたとき、わたしはむしろ罪悪感よりも反骨心のほうがむらむらと高まってきて、ここまでいわれるくらいなら却ってすがすがしいきぶんだ、家族の縁を切るくらい愛のためならなんてことはない、と窮鼠猫を嚙む式の怒りに捉えられてすぐさまケンドリックと挙式してしまったのです。もっとも、基地の教会でおこなわれた結婚式にきてくれたのは彼のほうの友人たち、それにわたしの妹くらいでしたから、さすがにさびしさに駆られて式の途中で涙をこぼしたりもしたのですけれど……それから、なにはともあれ、わたしとケンドリックとの日常生活が始まりました。その日々はまちがいなく楽しいものだったのですが、ふたつだけ、問題があったのです。まず、ひとつ目は彼の夜泣きでした。おとなにたいして、夜泣き、という表現をつかうのはそぐわないかもしれませんけれど、ケンドリックはほんとうに泣くのです。ふだん、夜泣きは二、三週間ほどに一回ほどの頻度で起こりましたが、彼の精神的な状態が落ち込んでいると、ときに数日もの間つづくことさえありました。この手紙の冒頭に記しましたように、幾多の死者がやってきては、寝床にいる彼のない片足の周りをすっかり取り囲んで、くちぐちに責めたて戦場の異臭をあたりにただよわせます。これはわたしの人生の経験なのですが、わるいことというのはそれだけで独立してはいません。大抵はほかのわるいこととペアを組み、互いに影響しあってさらにわるいことのようにしてかさなり人間の心にやってくるものです。ふたつ目の問題は、わたしがいつまでも妊娠しないことでした。子作りには励んでいたのですが、まるで褥のなかに侵入してきた過去の亡霊たちが、わたしの子宮のなかまでも侵して、やどるはずの未来を扼殺してしまうように、まったくその兆しがみえなかったのです。軍と県の病院をめぐりましたがその原因はわからずじまいで、夜中、彼の寝床の横にはいって服を脱いだとき、ちょうどあの夜泣きが始まって亡霊たちが子作りの邪魔をしだしたときなぞは、首を括ってしまおうかとおもうほどの苦しみでした。亡霊たちに怯えて、猛々しかったはずがすっかり縮んでしまったケンドリックのアレをまえに、わたしは悔しさと恥に泣きながらそれでもなお愛撫に励むのですけれど、彼が呻くのはわたしにたいしてではなく、ない片足をつうじて襲ってくる戦争への痛みにたいしてなのです。暗く沈んだ寝床のなかでどうにか性交をつづけようと奮闘するはだかのわたしたちを、怒りの目で佇立した亡霊たちが取り囲んでいる……首を括って、わたしも霊の列にならび彼にとり憑いてしまおうか、そうおもったこともしばしばでした。けれど、これも月並みなわたしの知恵なのですが、わるいことというのは人生でそうえいえんにつづくわけでもありません。**月（ちち）ぬ走（は）いや馬（うんま）ぬ走（は）い**、という黄金言葉（くがにくとぅば）もありますとおり、すべてが光陰矢のごとく過ぎ去っていくこの世の中では苦楽はどちらも足早やにかなたへ行ってしまいます。**馬さながらに歳月は駆け抜けてしまいますから、時をだいじにすべし、けれど苦悩は結局なくなるものとして抛ってしまいなさいな！**　というわたしなりの俚諺（りげん）の解釈……結婚してしばらく経ったころに、転機はふたたびおとずれたのです。それはある日、キャンプ近くでひらかれたバザーでのことでした。お買い物をすませて帰ろうとするわたしの袋を、目まぐるしいはやさでひったくってちいさな影が逃げていきます。通行人の方々の助けもあってどうにかして捕らえるとそれはモズクのような伸びきったちゅるちゅるの髪に、襤褸（ぼろ）の服を着た幼い女の子で、戦争孤児だとすぐにわかりました。ことばも喋れないようで、ただアーアーと呻いて怯えたような上目づかいで見逃してくれないかとしきりに頭を下げるそのすがたをみると、わたしは胸が塞ぐここちでした。孤児が生きるためには掏摸（すり）かヤミか、あるいは娼婦になるかです。食べ物をいくつかあげると懐いてついてきたので、わたしはこの子の行く先を案じて、そのまま連れ帰ってしまいました。ふいのことでしたから、ケンドリックもそれは驚きました。けれど、風呂にいれてあげてその伸びきった髪を濯ぎ、大量に蔓延っていた虱をとってホームドレスを着せてみますと、これが愛嬌があってとても可愛らしいのです。この子の世話をしようとわたしたちは一も二もなく頷きあいました。それから、三人でのあたらしい生活が始まったのです。頑固な兄は別でしたけれど、養子をとったと聞いて母と妹はすぐさま飛んできて（わたしが不妊だったというのも一因だったのでしょう）彼女を可愛がりました。はじめはまったく喋ることもせず、ただ日がな一日ぼんやりとしていたので精神遅滞じゃないかともいわれましたが、だとしても、わたしたちには一向構いませんでした。わたしたちの子ですから、ただいてくれるだけでよかったのです……けれど、おもいもよらない福音を、彼女はわたしたち夫婦にもたらしてくれました。ある日のことです。夜泣きが原因で彼女を怖がらせてはいけないと、わたしたちはへやを別けて寝ることにしていました。彼女はときおり別のへやから聞こえるケンドリックの呻きをふしぎがっていましたものの、取りたてて怯えるということはなくて、そこからすでに、彼女がもたらした恵みは始まっていたのかもしれません。まどろんで霞んだ目から、薄ぐらい天井がみえました。のっぺりと広がる家の夜の空間をつたって、いつものように、ケンドリックの呻きが聞こえてきます。今日もか……と、正直なところ半ばうんざりするきもちも含みながら、彼を助けるためにわたしは半身を起こしました。すると、傍らで寝ていたはずの彼女のすがたが見当たらないことに気づいたのです。闇のなかで、響いてくる呻きを頼りにわたしはそろそろと歩き彼のいる隣室へと向かったのですが、ドアを開けるまえに違和感に包まれました。彼の呻き声はいつもより微かで、それは成すすべもなく亡霊たちへの罪責感に煩悶しているというよりも、いくらかの抵抗の響きさえ感じられたのです。はたして、ドアを開けると、ランプの灯りがほのかに彼のベッドを照らしており、そのそばには彼女が控えていたのでした。彼女は俯いて、そのふっくらした幼い頬を餅のように垂れさせながら、ケンドリックのない片足を懸命にマッサージしているのです……幾度となく肌にまとわりついた瘴気は薄く、その代わりにへやには生あるものの充実した暖かさがありました。どこでおぼえたのでしょうか、魂よ魂よ（マブヤーマブヤー）、どうか帰ってきてください（ウーティクーヨー）……と彼女は舌ったらずな声で、即興の魂込め（マブイグミ）さえおこなっていたのです。そのとき、わたしははじめて彼女が喋るのを聞いたのでした。と同時に、言いようも知れぬ感情がわたしの胸を打ちました。これなら大丈夫だ、わたしはそう直感したのです。これならわたしたちは大丈夫だ、これからどんなにくるしいことが降りかかろうとも、わたしたちはともに生きていくことができるだろうと。わたしの目にも、へやに充満していた亡霊たちが気勢あがらず、憔悴した哀しげな顔で退散していく光景がはっきりと見えました。ケンドリックは、さきほどまでの苦しげなようすが嘘のようにがばと身を起こして、みずからのない片足をけなげに揉んでいる娘のすがたに気づくと、彼女を抱きしめ、涙を滂沱とながしながらこう叫びました、**オオ！ プリリ・リル・ガール！ マイ・プリリ・リル・ガール！** ……兄さん、わたしはこんな風に生きてきました。いま、わたしはこの手紙を、ケンドリックの故郷のシカゴから書いています。七〇年代のはじめ頃に、軍の契約期限が切れたためにケンドリックが国へ帰ってしまいましたから、わたしも遮二無二それを追ってアメリカへ渡ったのです。もちろん、娘と『ヘルマン・ヘッセ全集⑦』もいっしょに携えて。いまでは娘も成熟しつつある婦人に育ち、生意気にもフィアンセ候補の恋人もいるという時の早さですが、それでもケンドリックとは仲が良く、ときおりはマッサージを（亡霊を祓うことは抜きにした、ふつうのものです）つづけています。アメリカはやはり豊かな国で、移住してからというもの読書にはさらに精がでました。いまわたしはドイツの系列からさかのぼり、ムージル、古井由吉、それから特にベンヤミンなどを読んでいます。私が沖縄から出立する時期と、すれ違うようにしてベンヤミンは七〇年の前後から日本のほうでも翻訳が進んでいるようで、晶文社から著作集が丸ごと刊行されたらしく、とても嬉しい次第です……そこから関連づけて、夫を連れてシカゴの広大な土地を歩く娘のすがたをみるたびに、わたしは、彼が記した『歴史哲学テーゼ』の絶筆の一文をおもいださずにはいられないのです。歴史をエピソードの繋がりとしてみるのではなく、ひとつひとつの破壊された瓦礫の積みかさなった、できあいのものとしてみること。パウル・クレーの絵から着想された歴史の天使は、このだめになってしまった歴史をやさしい眼で見守りながら、それでも、絶えず吹きつける風によって、未来へと翼をひろげて飛ぶことのみがゆるされている……わたしはあの魂込め（マブイグミ）をする少女とクレーの天使がぴったりかさなります。戦世（いくさゆー）でも、沖縄の海のながれは絶えず波うっていました。波には決まった方向はなく、ながれながら、どこかで岩礁にぶつかって破壊されたりあるいはほかの波と合流しておおきくなります。そんな風な、予測のできない破局のただなかで、歴史の余波をうけた子どもたちが未来へむかってたゆたっていく……そういうあたらしい天使たちとして、わたしは娘や子どもたちのことを眺めやります。ちょっとばかりまた脱線してしまったかもしれません。けれど、わたしにとってこの波のイメージは、だれかにつたえるに足るだいじなことばなのです。だから、兄さんにもつたえておきたかったのです。それから、これも単なるわたしの趣味なのですが、シカゴの街で、クレーの『忘れっぽい天使』のポストカードがぐうぜん目にはいったので、わたしたちの家族写真と同封してお送りします。それともうひとつ、ケンドリックの願いで、**とある短刀**も追加して……戦場の日本兵のものらしく、形見？　として持っていたところ、遺族に渡すのが遅れおくれになってしまった軍刀です。彼のほうはもう沖縄にもどる予定がないとのことなので、申し訳ないのですが、こちらも手紙とともにお送りします。処分のほうは一任します。そのまま開封せずにお持ちになったままでも構いませんし、骨董屋に売るでも（ちょっと見てみたところ、**「御賜」の字が刻まれていました**から、高値で売れることが期待できるはずです）、近場の戦跡に埋めるでも構わないとのことでした。それから彼と違い、いつになるかはまだわからないのですが、わたしと娘はいずれ沖縄に帰るつもりでいます。どこへ行こうとも、やはり故郷は故郷ですからね。ぜひそのときはお会いさせてください。それでは

肝試しのはじまりです、っつーのもたしかにありがちではあるけどなあ、夏の定番といえばなんですか？　って聞かれて答えるのなんてどいつもこいつも似たようなもんだしというかさいきんの夏っつーのはそういうチェックリストみたいなものにひとつひとつ×とか○とかつけて、だいたいここまでいけたけどここからはアカンかったなあ、みたいな感じでしか考えられなくて、だからまあ、おれたちってインスタでそういうリア充陽キャならできるよね十か条みたいなのをキラキラしたフィルターかけてネットの回線につなげて全世界に発信することでしかじぶんの存在？　みたいな哲学的な真実みたいなものを確認できないけど、まーそれはそれとして、じっさいガチのマジでそういうのがくだらんっつーのは勘では理解できるんだけど、そういう世界から逃れるのって冗談抜きでムリ、だってそういういちゃりばちょーでーの兄弟（しーじゃ）がイチバン的なノリから外れてさ、生きていけるとおもう？　ムリじゃん、それすると陰キャになるしかないんだけど、単純に考えて陰キャ

の人生がたのしいわけないし、だって湘南乃風とかちょっと外れたとこだとリップスライムとかスチャダラパーとかオレンジレンジとかだって要はありがちの夏をなぞってるだけじゃん？　結局夏ってそういうことだし人生も夏的なものでしかなくてありがちの線のうえをなぞるしかなくてそれはそれでウマくなぞれたら楽しいしさ、そこにいちいち反抗してまるで信念とか真理とかわかってます風(ふうじゃー)してるやつってウンコで、そういうのやりたきゃ公務員なってお役所仕事やりゃいいわけよハイ論破爆笑、そんでもっておれは頭がわるいのでそういうのはあたまいい奴がやってりゃいい、まああたまよくなりたいとはおもうけどあたまいい奴だっていらんことばっか考えて人生大変だろ、とにかくおれはそういう定番的な感じでいまガマに友だち(どぅしぐゎー)ときてます。夏ってだけでキラキラしてた甘い思い出セプテンバ〜てな風な感じでいまから夏休みおわって9月になんの想像しちゃうくらいはかなくきらめいてんだけどぶっちゃけ人生まいにちが夏休みなので関係ないね、海にも行って飛び込みやったし、祭り行って花火見たし58号線も我らが朋輩(わったーらしーじゃ)と暴走したし元カノの愛依子(あいこ)とはあと一歩だったけどほかの女といちおうセックスして童卒できたし（さすがに高2までにはしたかったけど現実は目標を大幅更新する結果になったのでこういうとこがおれの優秀なとこだ）心残りは肝を冷やしてないことだったけどこれでクリア、おれは夏にランク1UPってわけやさ、さてそれでは肝試しのメンバー紹介します！　まずこのおれ我那覇(がなは)周とおれん元カノの愛依子、そんでもって粧裕と女ったらしのヒガジュン先輩、あと菜嘉原徳生(なかはらのりお)ことノリちゃんの5人がきてる。なぞに愛依子が伊志嶺くんも呼ばん?とか言ったからいちおう招集かけたけど来んかった、心霊スポットならともかくガチ戦跡は悪趣味だから断る、ってさ、そもそもあんましノリいい奴じゃないからまあ納得ではあるけどさ、イイ気はせんな、クールぶりやがってよなぞに女とかから評判いいからゆるされてる感あるけどおれは正直好かんやつだとおもってる、ぜったいアイツもおれんこと嫌ってるわ、それにいっちゃん気にいらんのは愛依子と仲良いらしいってことでクラスでも話してんのよく見るししにはごいんだよな、一回喧嘩売ってあの米津玄師だか尾崎世界観だかみたいなひとのこと舐めた頭(ちぶる)かち割ってやりたいぜ。お分かりだとおもうがおれはまだ愛依子のこと好きで、もっとはっきり言っちゃうと愛していて、この肝試しでもっかい仲直りしてどうにかやさしい愛のあるセックスをやりたい、このまえはラブホで失敗しちゃったけど今回はマジで、さいしょんころはセックスさえできりゃいいやっておもってたけど違くてどんどん会えんでいるごとに寂しくなって、リスカとか酒でODとか馬鹿かよ病気じゃねえのっておもってたけどそれがちょっと理解できそうになるレベルで、好きな女と会えんでしかも喧嘩して別れちゃったっていうのはつらく、冗談抜きで頭がおかしくなりそうなほどつらかった、もうだれかと付き合ってるんだろうか? でもそういう噂は聞かんしあんまりキツくてヒガジュン先輩に相談してみたら、じゃ肝試しいこう、吊り橋効果に期待しようじゃん、っていうので急遽こうなった。というかそうじゃなかったらこんな妙なメンバーではこんし、もっとバカ騒ぎできる柄のわるい連中とくるわ！　とりま北に行くのは遠すぎだから南に向かおうってことで作戦会議になったけど、それには粧裕も加わってノリちゃんと愛依子はいなかった、でもさ五条悟（ごじょうさとる）って死んで南行きの飛行機に乗っていっちゃったらしいから南下すんのヤバくない？　とか意味不明なことを粧裕がいうので、は？　なにいってんのおまえ？　というとおれのことばはシカトして、あ〜、アレはヤバかったよなあ、まさか宿儺（すくな）と夏油（げとう）残して死ぬとはおもわんし絶対虎杖（いたどり）とかで残りの敵倒せんよな、といってヒガジュン先輩はすかさず会話を回す、えーあれ夏油じゃなくて羂索（けんじゃく）っていぅんですよ、先輩ぜったいにわかでしょ〜毎週さゆジャンプ買ってんですからねえとか言いはじめる、馬鹿（ふらー）がよ、正直いってめちゃくちゃうざい、ヒガジュン先輩のほうは粧裕にお熱でどうにかしてモノにしたいらしく、おれとはこの肝試しでいわゆる協力関係にあるわけだ、けど、なんか知らんけど粧裕のほうはおれのことがちょっと気になっているっぽい。あ〜、冗談抜きでこういうのってダルいよな、先輩↓粧裕↓おれ↓愛依子みたいな、これでもし愛依子がヒガジュン先輩のこと好きだったんなら恋のトライアングル、いや、それどころかラブ・四角形（スクエア）（笑）ができあがるわけだけどさすがにないだろとおもいたい、たしかに粧裕はモデルにスカウトされるレベルで顔はいいしおっぱいもFあるからきもちはわかるけど、小学校から知ってるからピンとこんし、なにより馬鹿すぎるんだよな、外見だけはみたらいいなってなってても話してるうちにかったるくなってくるタイプで、まあおれも馬鹿だけど粧裕はないわ、うん、なし。まあ、そんなこんなで中部にある海沿いのガマに行くことに決定した。というわけで、北でも南でもなく西にむかっておれたちはヒガジュン先輩が運転する黒のハコスカ（大学生の先輩（しーじゃ）から借りたっぽくてポリに停められたらかなりヤバい）に乗ってエーウィッチ『ロンギヌス』とかチェホン『みどり』とかをオーディオから爆ながして先輩とかノリちゃんとか粧裕と熱唱しながらこうしてガマまできたわけだけど、車んなかでも愛依子はなんかマグロみたく冷めてるしガマのまえまで着いたいまだってそうだ、おれがはなし振ってもぜんぜんノッてこんからさすがにちょっと傷つく通り越してイラついてくる、やしが我慢がだいじっていうしな、耐えろおれ。ノリちゃん以外ぜんいん土地勘死んでるけどその肝心のノリちゃんはじぶんのモンキー・ハチハチでくるらしくて、しゃあなしってことでグーグルマップのナビをつかって到着したんだけど、さすがに深夜の二時で浜辺にきてるから薄気味わるくて、しかもヒガジュン先輩が、さいきんさあなぜかグーグルマップで慰霊の森まで案内されて崩落した橋のまえで「お疲れさまでした」っていわれて崖に落っこちて死んだ奴がいるらしいぜ、っていって脅かすからもう車内は大混乱、とくに粧裕は好奇心カンストしててなんにでも頭ツッコむくせに怖がりでぎゃあぎゃあ叫ぶからしにやかましい、こいつ雨ひどいときとか女子で固まって雷鳴った瞬間キャ～！　ってぶりっ子すんだよなあ、ま、おれもわりと背筋ゾクッとしたけどとなりにいる愛依子もちょっと不安そうだから、安心しい

やおれんちのオバアユタだからいざとなったら悪霊退散できるぜ、ってジョークいっても
やっぱシカト。は〜、つまんね、てかここまでだと落ち込むわマジで……そんなのってな
いぺこじゃん〜とクラスのオタクのモノマネをこころんなかでつぶやくと、ガマのまえの
雑草ボーボーの車がとおった跡が途切れてる獣道でからに、はたしてここでビンゴなの
か？　ってかビンゴだとしてももうこっからは車では進めんってなって立ち往生してたん
だけど、そのとき後ろから聞こえてきたのは我らがノリちゃんのモンキー・ハチハチのオ
ートバイの音だ。颯爽とバイクから飛び降りると、え、いかないんスか？　とクールにい
う菜嘉原徳生くん、カッケー、この合流したハンサムのひとことのおかげでビクビクして
たテンションがいちおう落ち着いた。ノリちゃんは昔っから男気あってイカしてて、いい
意味でヤンキーっぽくない、だれに似てるかっつうと『ワンピース』のゾロにそっくりで
声も似てるから「三刀流・鬼斬り！」とか箸くわえさせて試しにいわせてみるとマジ似て
る、まあまっけんゆーには似てないけどね、てかそもそもまっけんゆーがゾロには似てん
しな、たぶん日本人要素とはやりのポリコレだろ、ええっと、つまりなにがいいたいかっ
つうと菜嘉原はいつもはクールでいざとなると頼りがいあるけどノリはいいっていうどこ
までもやってけそうな奴ってことだ、スカしてても伊志嶺とかみたいなワックとはこうい
うとこが違くて、しょうじき男でも惚れちゃうっつうか男だからこそ惚れるっていうか、
なんならヤれる、っていうかオカルトとか興味なさげなのになんで肝試しきてくれたんだ

ろ？　それはともかくとして、みんなで懐中電灯もって降りてきてだれがさきにガマんなかに行くかのミーティングが始まった。ほんとだと伊志嶺の奴もいれて6人メンバーで割る2をして3ペアでガマんなかに凸るはずだったんだけどさいわい奴はきてないから奇数の5でひとり余る計算になってしまうが、はなしあいは別にぐだらずヒガジュン先輩が2回ガマとここを往復することになった。まず切り込み隊長はノリちゃん×ヒガジュン先輩で、つぎがおれ×愛依子で（ナイス！）、さいごに粧裕×ヒガジュン先輩という組み合わせになった。ペアはそれぞれがガマに行ってなかはいった証明のためになんかモノを持ってくる、たとえば置き石だとか慰霊の紙鶴だとかだ、おれはちゃんと愛依子といっしょになれるし先輩のほうも粧裕とペアなわけだから文句はないだろう、ってか、うまくいけば今日にでもどっちもお目当ての女とセックスできるかもしれない。ノリちゃんには申し訳なかったしこころんなかでゴメンねと謝っておいた、うまいこと復縁できたらお礼に天下一品とか銀だことか奢ってやろ。さて、そういうわけでいよいよ肝試しがはじまった。獣道は暗くて海からのぬるくて塩っぽい風が吹いていて、膝くらいまで伸びきった雑草がざわざわめいてて雰囲気ぴったりたし、なんかさっそくガチガチって変な音するんですけど！　と粧裕が喚きちらすのでみてみるとそれは大量にいるヤドカリだった、おどかすな馬鹿とおれは粧裕をこづいた、ノリちゃんとヒガジュン先輩はおれらに手を振って獣道を進んでガマのなかへ入っていく、その懐中電灯もって暗闇に消えていく後ろすがたが魂みたいでこれってホラー映画でみたやつじゃ〜んとなる、そしたら『犬鳴村』みたときの記憶がフラッシュバックして怖くなってきたから、考えるな考えるなとおれはおれに言い聞かせる、愛依子と復縁する方法を考えるのだ！　けどぜんぜんおもいうかばんし粧裕がひっついてくるから余計にあたま回らん、まあ、どうにかなるだろ。道のおくから灯りがふたつ近づいてきてすぐに先輩たちは帰ってきた、なんかふたりとも顔が暗いけどやっぱ怖かったんだろうか？　ヒガジュン先輩はまあわかるけどノリちゃんでもか〜、まあおれはだいじょうぶ、だって愛の力があるから、てなわけでハイタッチで交代しておれと愛依子はガマへと進む番だ、さすがに真っ暗で洞穴から響いてくるゴオオオッ！　っていう風の音にはけっこうビビる、なあちょっと怖いし手ぇつながん？　っていうと愛依子はちっちゃく頷いて手をにぎってくれた、かわい、てかマジでいい感じじゃん。やっぱすなおがいちばんだよね、ってなことを考えながらおれとちがってちいさくやわっこい愛依子の手のかたちを感じて、守ってやりたいとかおもってるとガマのいちばん深いとこに到着、さて、なんか持って帰るか、なんならそこにある地蔵もってこかな、というとガチで祟られるよそれ、と愛依子がいう。手ぇつないだままおれはお供え物のオリオンビール（たぶん慰霊の日とかに参拝した奴が置いたんだろな）、愛依子は赤い千羽鶴をひとつちぎって持った、よしじゃそろそろ引きかえすか、という空気になったところでおれは愛依子にぐっと近づいてから、なあおれたちより戻さん？　とちょっと冗談ぽくいった。手もつなげたしワンチャンあるんじゃねとおもったけど、はあ？　イヤに決まってんでしょ、あんたあたしの処女欲しいだけじゃん、と冷たく返されてしまう、空気がちょっとわるくなる、ていうかそんなかるい奴に見られてたのはショックでたしかにセックスはしたいけどおれはヤッてはいバイバイみたいなヤリチンとは違うつもりだ、なんか勘違いとか行き違いがあるっぽい、ちげえし、おれはそんな男じゃないし、ちゃんとお前のこと好きだよ。嘘つきや、どうせあたしと手えにぎって勃起してんだろ、てかさ、こんなとこで好きとかふつう言う？　そういって愛依子が手を離してしまったからおれはあわててもっかいその手を握りなおして、だから違うっておれはそんな童貞じゃないし、ちゃんと愛してるんだよ愛依子のこと、というと愛依子はもっと激しくおれの手を振りはらい、うっさい馬鹿！　そんな軽々しく愛してるとかいわんでよ愛がなにかとか考えたこともない癖にさ！　あんたの愛って結局男の性欲でしかなくてちょっと好きでセックスしたくなったら愛してるっていえるだけでだからそんなぜんぶ軽くて頭ぽってかすうだばあよ馬鹿、いっとくけどさ、あたしもう処女捨てたからね、ヒガジュン先輩ともうセックスしたしいまでも付き合ってるから！　……は？　先輩とヤッタ？　……そう、あたしはもうちゃんとセックスしたし先輩のチンコもしゃぶってるから彼氏がいるしあんたのもんじゃないの、だから復縁とか言いださんで！　ポケモンの主人公並みに頭がまっしろになった、クソショックだった、てことはヒガジュンのクソボケもわかったうえでぬけぬけとおれと愛依子を復縁させるとか言っておいて、ほんとは愛依子とヤッてしかも挙句の果てに粧裕のことも狙ってたの？それってささすがにちょっとクソすぎるだろ、てかこいつもあんなヤリチンに股ひらいてなにこんなに偉そうにしてんだよ愛がどうとか知らんのはてめえもおなじだろビッチ、あー、クソ、ビッチがよ！　あんまり衝撃的でイラついておれは拳を振りあげてしまった、けどさ、これは冗談抜きでガチなんだけど、そんときおれは殴りはしなかったんだよ、女をぶん殴るレベルのガチクズでもないし馬鹿でもないんだよおれは、けどビッチ愛依子はビビッてキャアアアアアア!!!　って叫びやがった、ガマんなかに女の絶叫がこだましてぶるぶる震える、あー、クソ、クソすぎる、さいあくだ、ラブ・四角形（スクエア）成立……叫びごえをきいて外にいた連中があわててやってくる。そんなかには当たり前だがクソッタレヒガジュンの奴もいて、きた瞬間におれはてめえ愛依子とセックスしたんだってなあ!?粧裕がどうこうとかいっといてよくそんなこといえたよなこんクソヤリチンがよ、愛依子お前やあおれのことああだこうだいうまえによお前が処女捨てた相手みたほうがいいぜビッチ、男の性欲どーこーつったらこいつこそまんま男の性欲擬人化させたみたいな奴だろ、と大声で責めたてる、ノリちゃん以外地獄の展開だ、粧裕のほうはぽかんとしてて、男の性欲はめちゃくちゃ慌ててしどろもどろになっている、ほんとうなんですか先輩、あたしがいるのに粧裕のことまで狙ってたんですか!?　とさっそく愛依子が嚙みついてくと、はあ？　なにいってるばそんなことおれひと言もいってんよ、ていうかさ、こんなとこで騒ぐのも問題だしとりあえず戻ろうぜ？　なあ？　徳生もそうおもうだろ？　てか周さあ、愛依子になにいったんだよお前泣いちゃってるじゃん愛依子、とかこの期に及んでテキトーにはぐらかそうとするもんだからおれがあげた拳の行く先はこの男の性欲馬鹿に矢印がむかった、おれは男の性欲の胸倉摑んで、嘘（ゆくし）つくなガチのことしゃべれヤリチンが！　と怒鳴ると男の性欲は、落ち着けよ周落ち着け、とぜんぜん本音でぶつかってこようとしない、クソすぎる、おれはこういう卑怯なクソがいちばん大ッ嫌いだ、もう我慢できずに男の性欲の顔をおもいきりぶん殴ると男の性欲は吹っ飛んでいって、そこにあった地蔵にストライク、３つの地蔵はボウリングのピンみたいに倒されてしまった。それからふしぎなことが起こった、ぶっ倒れた男の性欲が宙に浮かびあがるとゆっくりと回転しはじめたのだ。なにが起こったのかわからず、おれはつぎの拳をかまえて茫然としたままそのようすを見ているとさらに回転スピードがあがって、男の性欲は空中でぐるぐるハンドスピナーみたいに高速回転しだす、え、なにこれ？　怖。あまりにわけのわからない状況でビビるどころか棒立ちでいるしかなかったけど、粧裕が大声でこれヤバいよ呪いだよ！　と叫んだのであっ地蔵のせいか、となぜに冷静な頭できづくのだがもうそのときには遅く、いつの間にかおれの体も宙に浮かんで偽物のキリストみたいなポーズでゆっくりと回りはじめる、そして回転は加速していくのだ、ヤバい、なんだこれマジで呪われた？　ごめんなさいごめんなさいとちびりそうになりながら謝るが加速は止まずＵＳＪのスペース・ファンタジー・ザ・ライドみたいな勢いでぐりんぐりん回転する、回る光景のなかで粧裕と愛依子の体も宙に浮きはじめてて地蔵！　地蔵もとにもどして！　と誰かが叫んでいる、そしたら美術の授業でならった4コマ漫画の要領で映画のフィルムをゆっくり回したときの絵みたいな感じでノリちゃんが地蔵に飛びかかって一体ずつ元に戻していくのがその瞬間ごとに見えた。バン！　と回転が急停止しておれは地面に吹っ飛ばされる、変によじれた体勢のまま地面に倒れて、どうにかノリちゃんが地蔵を直してくれたみたいだとひとまずほっとする。回転がとまった瞬間に一気に汗が全身からぶわっとでてきて、ひとまず助かったらしいとわかって息をはあはあ吐いていると、逆になった股間のあいだからみんなガマの外へと一目散に逃げだしていくのがわかった、ケツを叩かれて見上げたらそこにはノリちゃんがいて、おいはやく逃げるぞという、おれはハッとして体をなおして起き上がりそのままノリちゃんと走って逃げながら、クソ、クソ、今日が絶対おれの人生最悪の日になるんだろうな、なんて考えていた……ガマからでて獣道の雑草をがさがさ踏みながら走るともう男の性欲が運転するハコスカは猛スピードで出発していて、どっかにぶつかったら廃車確定ってレベルの勢いでバックで方向転換して逃げていく、あークソ、置いてかれちまった、薄情者どもめがよ、ってかもうおれはあのメンバーでいっしょにドライブとかできねえんだろうなあ男の性欲は顔がヤンキーどもんなかでも広いからすぐにおれのわるい噂は広がるだろう、おれは夏休み明けからはボッチ飯確定だ、クソがよ～……

夜道を爆速で走ってくハコスカの後ろ姿をみて泣きそうになってるとノリちゃんがモンキー・ハチハチでおれのまえまでやってきてターンしてからに、はやく後ろ乗れよ逃げるぞ、といってくれておれはもっと泣きそうになる、なんていい男なんだ菜嘉原徳生、おれはこいつに恩を返すためならなんだってするし地元最恐といわれているヤンキーだってバットでフルスイングできるだろうな、ってなわけで2ケツのかたちになっておれたちは夜を駆け抜けていく、深夜の58号線はひっそりしてて静かでモンキー・ハチハチの走る音とおれの泣き声みたいな情けない愚痴だけがはっきりしてる、もうおれの人生終わりだ、愛も何もかも失ったよもう駄目だあとノリちゃんのかたくて骨格がはっきりした筋肉質でティラノサウルスみたいに弓なりになった背中に抱きつきながらそぅぅだぅだいってると、ばーか、こんなことで人生おわるわけないだろ、と落ち着いた声でノリちゃんはいう。お前にほんとに愛があるのかは知らんけどさ、なんにせよお前の愛の伝え方はど下手くそだよ、とノリちゃんがいうのでいつもならキレてるがこうなったいまじゃ泣きそうになりながら聞くしかねえ、ぴえん、おれこれからどうすればいいんだろう？　よく考えてみたらずっとノリで生きてきただけでおれはなんにも知らないんだ、って自分(どぅー)で考えろってはなしでさらにうだうだしてるとノリちゃんは、そいえばお前じぶんでは言わんけど実は音楽好きだろ？　なんか楽器でもやれよ、伝え方がど下手なやつはじぶんなりの伝え方を磨けばいいんだよ、とアドバイスしてくれる、だってさあ、セックス以上に気持ちいいことがない人生って論外だろ、おれたちにはたぶんまだほかの生き方があるんだよ、ってノリちゃんはぶっつづけで名言連発するからおれはもう感動して、ほんとうにそのとおりだとおもった、トンネルを抜けると道のよこにダムがあってそこに月のひかりがあたってキラキラしててマジきれいで、おれはおれの愛を勉強しようってそのとき決意したのだ。そいえばさ、お前ガマから取ってきたの返したか？　とノリちゃんが聞いてきたので、おれは取ってきたオリオンビールの缶かん持ったままやっさーってこと思いだしてぶるっとふるえる、おれもまだ持ったままなんだよな、やしが捨てても怖そうだしな、どうする引きかえして戻してくるか？　おれはその質問にぜってえヤダ今度こそ呪い殺されるわ、と答えた、しばらく肝試しはゴメンだ。そいえばなに取ってきたん？　と気になって聞いてみると、ノリちゃんは**短刀**だといった、たぶん**日本兵のもの**らしい。月のひかりは夜の

窓辺であおく射していた。その光が巨大な影に遮られる。ぼくはそれを在沖米軍の爆撃機だと思った。それはライトの灯りで膨れあがった蠅の影だった。灯りはリリイがマリファナを挽(ひ)くために点けたものだ。リリイはかんぜんにラリってて、手がふるえて視線も定まらないみたいだった。リリイはしろい紙の上にマリファナをセットし、まるでタコスみたいに紙をつまみ、ながく赤い舌で舐めてから封をした。ジョイントの完成だった。リリイ

は灰皿で燃えている100ドル紙幣から火をもらい、ふかくジョイントを吸い込んだ。そしてきもちよさそうにしろくながい首を天井にむけて、ひと息吐いた。抛りだされたドル紙幣に記されたベンジャミン・フランクリンはよれよれに歪み、顔半分が焼けていた。泣いているようにも見えたし笑っているようにも見えた。ジェイコブが窓にとまった蠅を『琉球新報』で叩き潰した。するとこんどは、象の鼻みたいに垂れ下がった巨大なペニスが月のひかりを遮った。ローリング・サンダー作戦とアポロ計画。かつて真珠湾（パール・ハーバー）攻撃で日本帝国の奇襲に憤ったはずのアメリカは、宣戦布告なしにドンホイ基地を爆撃してあらたな戦争の火ぶたを切った。ジェイコブの金色に茂った陰毛が月の灯りに透けている。うなだれたペニスのさきから汁が垂れた。J・F・ケネディの幽霊の顔が見てみたいよ、奴はどんな顔してるのかな？　こんなクソなことやりながらさ。ため息をつくようなテリボウ・シットというネイティブの悪態が耳に鮮やかだった。アポロ計画は北爆で森や川に潜むベトコンを鏖殺（おうさつ）しながら進められていた。いまごろ北ベトナムの大地は月のクレーターのそれとおなじく穿たれているだろう。その干からびた窪みは人間の血と骨と肉が生々しい豊饒の海だ。あら、ケネディは生きてるわよ、とリリイは言った。リリイは笑いながら黒いストッキングとパンティを太ももに滑らせ、立ち上がって鹿みたいな足からまとめて巻き取った。オズワルドはソ連のスパイなのよ、じゃなきゃ、あんなにミステリアスな死に方はしないわ、ケネディ暗殺はアメリカが仕掛けた情報工作の一環よ。夢遊病者の話し方だった。リリイは剝きだしのおおきな尻を振ってマリファナを吸った。部屋は汗や精液やドラッグや香水やアルコールの匂いで澱んでいる。はやく家に帰りたい（アイ・ワナ・ゴー・ホーム）、とジェイコブは言った。殺すか殺されるかしてしまう。ぼくがセックスするアメリカ人はふた通りに分かれていて、はやくジャングルのなかで浅黒い肌の人間を殺してやりたいとうずうずするか、あるいは殺されるかとびくびくしていた。前者に見えるがジェイコブはじつは後者だ。ぼくの乳首をしゃぶりながら彼は赤ん坊みたいに泣く。ジェイコブは窓辺から冷蔵庫まで歩いていってコカ・コーラを取った。その途中でリリイの尻を引っぱたいたのでパンと破裂音が鳴った。フェラチオするような姿勢でリリイがカウンターのコカインを舌で舐める。その横に灰皿がある。灰皿のうえにオリオンビールのポスターが貼られているのが見える。水着姿の沖縄女がジョッキを差しだしている。コカ・コーラの泡（あぶく）が弾ける音。ジェイコブがジョイントの吸いさしを銜えた。煙は天井まで立ちのぼり、微かな光源の電球の周りで循環した。尻の穴が痛くて、切れた肛門のなかから血がでているとおもう。もし性病にでもなったら、パンパンとしてもぼくは終わりだ。テーブルのうえの名護産のパイナップルにぼくはしゃぶりついた。まどろみぼーっとした頭に酸っぱさが響く。果物の繊維が歯と歯のあいだに挟まり、鬱陶しい。ドアーズのレコードが暗い部屋にずっと流れている。射精した後の眠気とクスリの吐き気がずっと絡まっていて酷くからだが重く、一歩も動く気にならない。ジム・モリソンの低い空虚な『ピープル・アー・ストレンジ』の歌声、その合間にジェイコブが仲間の兵士からなにやら責められているのが聞こえる。ほんとうに恐れるべきなのはな、じつはホー・チ・ミンでもなければ、ボー・グエン・ザップでもないんだぜ、ジェイコブ。「南ベトナム解放民族戦線」の暗闇に、おれたちの不可視の敵が潜伏してんだ。過去にフランス軍や日本軍と戦った老人の知恵、夫を惨たらしく米兵に殺された妻の復讐心、戦禍に育つ少年少女の逞しさ、名もなき民衆たちがおれたちの寝首を掻こうとしてるのさ。昼はおとなしい農民で、夜はナチュラルボーンのゲリラ。サイゴンで米兵に阿って金を巻きあげては武器を買い、弾薬を輸送し、対陣を敷く。生まれてから血といくさしか知らん連中がおれらの敵になる。おれらが戦うのはそういう連中なんだよ。それにくらべてなんだお前らは？　こんな穴ぐらに引きこもってセックスとクスリかよ。アメリカ人のあいだに挟まってからだを売っているうち、ぼくは英語を体感的に理解できるようになった。思考は言語によって規定されている。そして、もし言語が身体によって規定されているとしたらどうだろう。きみはぼくが会った沖縄人（オキナワン）のなかでもいちばん母国語みたいに英語を使うよ。それはきみの身体の特性にあるんじゃないか？　言語学と哲学にくわしいアメリカ人と寝たときの推論だ。彼によれば、ぼくは「非ソシュール的」で、「脱構造主義」的な人間らしかった。揉みしだかれた胸とザーメンが煮凝っているような陰嚢が張っていた。ジェイコブは耳元で兵士の責任とやらを説かれている。それを眺めながらぼくは胸と金玉をほぐした。ぼくは全部で4つの玉（ボール）と1つの竿（ディック）を垂らしながら生きている。喚き立てている男は日系人らしい。だからこそ、ぼくが気に入らないのだろう。男は汚らしいソファに腰を下ろしているぼくを顎でしゃくると、ジェイコブ、お前は何をやってるんだ？　あんな男か女かわからん奴を抱いて、ラリって壊れた頭じゃベトコンに殺されるだけだ。ぼくはテーブルに置かれている注射器（オレンジ）を取った。親指の腹で腕を撫でて静脈を探す。ぼやけた視界で針を引く。ネタはすでになかに入れていた。コーヒーに角砂糖が熔けるみたいにヘロインが血に浸透していく。視界がゆらゆらたゆたいだす。あおい月のひかりが景色に混ざりだして脳が喜んでいる。破けたコンドームが載っている、ヨレたストッキングが蛇みたいに立ちあがって踊りだす。こぼれたワインの泥濘（ぬかるみ）が七色の虹だ。テーブルががたがた鳴って、悲鳴と笑い声、ジェイコブのからだが踊りだして男を殴っているのが見える。ガッシャンとグラスが砕けアルコールが撥ねる音がバットの芯でホームランを取ったみたいに気持ちいい。ぼくのからだはまるで浮かびだす。アポロ計画の宇宙飛行士はＮＡＳＡのどの職員よりぼくが適任だとおもう。けれど、アメリカはダメなのだ、ぼくはアメリカが嫌いだしそれにいいようにしてやられている日本と沖縄も嫌いだった。こいつらはぼくを酷く虐める。ソ連の核兵器の黒い鳥がぼくごとすべて焼いて欲しいとおもう。そのためならぼくはよろこんで社会主義者の技術発展にこの身を捧げよう。ぼくはスプートニクに乗ったライカ犬よりもかるがるしく宇宙を舞うだろう、きっと、きっとそうに違いない……おおきな窓から戸外が見える。ブルーシールアイスを舐めながら制帽を被った女の子たちが通り過ぎた。きのうの乱痴気騒ぎで頭が痛かった。朝の陽光が棕櫚(パーム・ツリー)の木の陰から洩れて店に注いでいる。ぼくはニブロールを齧っている。カフェのなかはモーニングの米兵たちのお陰で繁盛していた。塗られたばかりのワックスが光沢を放っている床に、豚の肉みたいなホットドッグの残骸がある。大柄の体軀をちいさな椅子に押し込んで座りながら米兵が店員をナンパしている。ノー、ノー、アメリカン・ナット・マイ・タイプ! 掌をひらひら舞わせて沖縄女の店員が言った。ブラック・コーヒーはコールタールみたいにどろどろだ。ぼくは錠剤のざらついた欠片をカフェインで喉奥に流し込む。隣のカウンター席の「鉄腕アトム(アストロ・ボーイ)」がある写真を見せてくれた。犇めく蟻の兵隊の群れのまえでトランペットを吹き鳴らす剽軽な顔の黒人男。サッチモさ。テキサスのフォート・フッド基地で撮ったんだよ。実際驚くぜ、あのデッカイ口と眼で秋の午後の雨みたいなもの悲しいシャガレ声を出すんだからな。ロックのコンサートみたいな拍手喝采をこれからベトナムに行くアメリカ軍の連中がやんやと送るんだ。それでも、みんな『この素晴らしき世界(ワット・ア・ワンダフル・ワールド)』が歌われだすと神妙な顔でひっそりしてさ。ぼくにとって沖縄の友人は「鉄腕アトム(アストロ・ボーイ)」だけだった。男でも女でもないからだで性を売っていると誰も良い顔をしない。もう両親とも縁を切ってしまった。すぐさまぼくは錠剤をさらに追加し、ふたたび嚙み砕いて、わるいことを考えないよう口のなかでカルピスで割って胃に送る。このまえ映画館でヒッピーみたいな米兵が小津安二郎で号泣してるの見たよ。ぼくはそう返した。枯葉剤に蝕まれ怒り狂ったクアンガイの虎、米兵に犯され殺されたアオザイ姿の少女、青空のしたで米兵に肩車されこちらにピースするサイゴンの少年、湿った熱帯雨林をナパーム弾が焼く一瞬。「鉄腕アトム（アストロ・ボーイ）」はほかにも色々な写真を見せてくれた。日系2世の彼は『星条旗新聞（スターズ&ストライプス）』の特派員として南ベトナムに派遣され、片手片足を失った。原因は誤爆だったそうだ。噴煙のなかでじぶんの手と足が血を撒き散らしながら吹っ飛ぶのが見えた。それ以来日々を義肢で送っている。沖縄のクソガキ（やなわらばーたー）たちがその手足を見て『鉄腕アトム（アストロ・ボーイ）』とからかったので、それがニックネームとなった。本人もそれをわりあい気に入っているらしく、おれは10万馬力の「鉄腕アトム（アストロ・ボーイ）」さ、きっとあと半世紀も経てばホンダが立派な義足をつくってほんとうに空を飛べるようになるぜ、とつねづね豪語していた。店員のスカートがふさふさと茶の毛が茂った頑強な手にたくし上げられしろい太ももが露わになる。座っていた米兵たちが一挙に立ちあがり、店員にじりじりと寄っていくと空間が恐慌の気配で歪む。店員はまだ笑顔を貼りつけながら、ノー、ノーと拒んでいる。迷彩柄の軍服を着た黒人兵が腰のよこに拳銃（ピストル）をちらつかせている。米兵のひとりがまえにでて、食いかけのハンバーガーを荒々しく摑んで店員に差しだす。ソースがついたレタスがパンのあいだから滲みでて床に落ちた。食えよ（イート・ディス）。泣き笑いの表情で両手を顔のよこで振ってソーリーと呟いている店員の口に、ハンバーガーが無理やり突っ込まれた。椅子がガタンガタンと鳴って、レンガ張りの壁に店員の背中が激突する。米兵たちは身動き利かないその口へハンバーガーを捩じ込んで笑った。店お抱えのミュージシャンのミスター・クロシマが弾く『ジョニー・B・グッド』のギターの音がストップする。シリコン製の義手をテーブルに叩きつけるようにして「鉄腕アトム（アストロ・ボーイ）」が立ちあがった。彼はカウンターの裏手にまわって店主を呼びに行った。煙草を喫っていた米兵がそのながい人差し指、中指、親指で吸いさしを挟み、店員の額に近づけていく。悲鳴とどよめき。「鉄腕アトム（アストロ・ボーイ）」が店主を連れて帰ってきた。恰幅がよく小柄ないかにも沖縄中年といった風采の店主は、その語句（ワード）があたかも免罪符であるかのように、プリーズ、プリーズと繰りかえしてやめてくれるよう米兵たちに頭を下げた。お前たちのやってることは卑怯だ、と微かにベトナムの訛りを感じさせる英語で「鉄腕アトム（アストロ・ボーイ）」が立ちはだかった。米兵たちは暴行を中止して肩を聳やかせ、その青や茶などサラダボウルな色の眼で目配せしあった。彼らは「鉄腕アトム（アストロ・ボーイ）」の義足を蹴っ飛ばした。拳銃（ピストル）を携帯していた黒人兵がおもむろに発砲して、カウンターの壁の棚に並べられていたジョニーウォーカーの瓶を破壊した。割れた瓶の欠片が散ったあとで、空薬莢がころがる音があざやかに店内にこだますると口答えするものはいなくなった。えずき、泣きながら店員がハンバーガーを嘔吐した。オウプス、と黒人兵が馬鹿にしたように呟いた。床に倒れている「鉄腕アトム（アストロ・ボーイ）」に彼らはコカ・コーラ、ウィスキー、ルートビアなどドリンクを注いだ。店主は頭を抱えて震えている。彼にむかって投げつけられたヨレたドル紙幣が宙を舞った。お前らは豚だ（ユー・ガイズ・ファッキン・ピッグズ）、そう言い残すと彼らは肩をいからせじつに愉快そうに店からでていった。その立ち去り際の背中に「鉄腕アトム（アストロ・ボーイ）」はライカM3をむけてシャッターを切った。あとの店には啜り泣きと残骸だった。うち捨てられた煙草の火がドリンクの洪水に浸かりながらも燃えている。ぼくは「鉄腕アトム（アストロ・ボーイ）」に肩を貸し、代金を払って店からでた。彼は怒りながら泣いていた。おれは悔しいよ。軍は腐ってる、このままにしていられるもんか。こんな酷いことをおれの故郷で続けさせてたまるものかよ、おれはただの『星条旗新聞（スターズ&ストライプス）』の使いっパシリではおわらないぞ。告発するんだ、このライカで撮ったものを『エスクァイア』や『ニューヨーク・タイムズ』に、アメリカ本国にみせつけてやる。ほんもののジャーナリストになってやる、このネガにはベトナムも、沖縄も、この世の残酷さがぜんぶ焼きついているんだ……ベッドの縁に頭を半分だけだして、落ちそうになりながらリリイが黒人の獣のような燃えたつペニスに突かれてよがっている。ピストンの速さは彗星みたいに尋常じゃない。サイドフレームが折れそうなほどに軋むベッドにぼくらはヘロインをもちよって狂い咲きだ。火の粉を散らして花々が回っている。めくるめくパノラマの景色に疲弊するがピザには精液が垂らされていた。かまわずに1ピースを頬ばりコカ・コーラで飲むと尻が浮かびあがる。ひくつく尻の穴にペニスが挿れられる。この胡瓜じみたほそながさはジミイのものだと直感する。下から突き上げてくる快感に痺れて、萎えた筈がまた勃起して腸詰（ソーセージ）だ。ジェイコブがぼくのペニスを扱きながら乳首を舐めてくる。脳ミソの襞ひだのいちいちまで勃起していた。口からピザがトロリ洩れだしそうだが、誰かがニブロールの錠を注いで蓋をする。全身が海綿体だった。ベッドからドスンと落っこちたリリイが白目だ。ぼくは胃から吐き気が逆流してくるのを感じるが、その運動がジミイのペニスのうごきとあわさって快感だった。ひかりと叫び声。リリイが床をのたうち回りながらヴァギナから粘液を撒布して頭を掻きむしっている。イッてしまうとぼくはテーブルに臥せるが、すかさずマリが蔽い被さって腰を回す。瞳孔が眼玉が飛びだしそうなほどひらいているのがじぶんでもわかる。いまならスーパーマンみたいに光線をだせそうだ。射精するごとにB52がこの「悪魔の島(ダオ・クイ)」から出撃して北ベトナムの森を焼却する鮮烈な光景が瞼のうらに点滅する。ヴァギナはナパーム弾の香りだ。眼前に隆々と聳えたったガンビーノのペニスがあらわれて矢も楯もたまらずしゃぶりつく。ゲロにドラッグ、ザーメンが混淆された口のなかで萎びた黒人の陰茎は徐々に勃起し、窒息させる勢いでぼくの喉を貫く。黒のネグリジェに透けるマリの猫の双眸(そうぼう)のニプルが揺れている。男がぼくを犯して、ぼくは女を犯しているが、ぼくは何者でもない。陽にかざした葉脈の血管に注射針からコカインだ。遠のく意識のむこうで部屋には『ペット・サウンズ』が鳴っていて、ジェイコブがぼくの震盪する乳房にペニスを宛がって泣きながら『スループ・ジョン・B』を歌っているのを聞く。ジェイコブは明々後日に嘉手納からサイゴンへ出立する予定だった。窓から微かに覗く景色はまるでぼくに関係がない、彼らの灯りはたゆたい、ゆっくりと消えていく灯りはまるで蛍の光、それでもおれはここで歌うぜ朋輩(どぅし)の期待を一身に背負い、歌詞？　そんなのは即興、学校をソッコーで帰って偉大なる第一歩に着工、平日の夜に芸術のバース刻んで産みだすラップにお前らは平伏、メビウスのボックスより遥かに濃厚なリリックはライク・ア・西戎(せいじゅう)、巷の屁理屈なんざ征服さ、裏で馬鹿にしてるだけのワックどものダサいペニスに命中したら激痛だ、気をつけろ！　鳴らすのは伊志嶺の盟友の『ムーンライト・セレナーデ』のサンプリング、このトラックでおれらは駆けあがる、古(いにしえ)の英雄のようなギャング・キング！　贔屓目にみてもおれら手がつけられねえパンク・キッズ、決してほどけぬデュオの絆さ、いつか摑んだディオールのネックレス纏って嘘つきのフィクサー、紆余曲折のはてにたどり着くのがクソの涅槃(ニルヴァーナ)だとしてもおれらは進むぜさあ発見(ディスカバー)しろ！　永遠を生きるのさナット・ライク・ア・カート・コバーン！　YO、叫べ朋輩(セイ・ブロー)、これこそここで生きてきたおれらの証さ、糞餓鬼共(ファック・ブラザ)……（とつぜんヒップ・ホップのMVを作ろうと誘われたときは驚いたけど、なんだかんだ、ここまで来てしまった。アイフォンのカメラに写る透(とおる)の身ぶりは紛れもなくラッパーのそれで、東側、西側問わず、古今東西のあらゆる音楽を吸収してきたらしいことを雄弁に語っている。もともと、趣味でサウンドクロウドとかユーチューブにアンビエントを垂れ流していたけれど、サンプリングして楽曲作成をしたのははじめて、ぼくにとってもおもしろい試みだ。彼のリリックがいうようにもとになったのはグレン・ミラー『ムーンライト・セレナーデ』。まず、採用する観点は有名な曲であることだった。アマチュアの学生の音楽なんて、真正直に配信したところでどうにもならない、ぼくらにはミュージック・スクールとかの後ろ楯もないから猶更だ。というわけで、少しでも聞き覚えある曲をサンプルにしたかった。それと権利の問題に引っ掛からないこと。透は一曲できあがったらぜひともネットで配信したいらしく、となると著作権に触れないほど歴史のある曲、時間の浸食作用を凌ぐような音楽が欲しかった。そういった意味で『ムーンライト・セレナーデ』はピッタリだ。80年以上前の曲だからといって馬鹿にならない。ジャンルの違う古典ジャズの編曲は、ぼくにとっても学ぶところが多かった。25歳を過ぎても詩人でいたいならほとんど伝統的な歴史認識は欠くべからざるものだ、とエリオットが言っていたけれど、そのとおりだとおもう。地中深くでうごく活断層みたいに歴史は現在に影響を与え、それはある日、知的な地震としてこの世にあらわれる）消えてゆく街の灯、この島に降り注いだ戦火(いくさび)、そしていまここに生きてるおれらは何？　歌が明かすのはこれからの偽りのない日々、眼を閉じれば瞼のうら浮かぶビビッドな島の歴史、それなら歌い続けよう、たとえポエマーだと馬鹿にされようと、犬掻きして、必死こいて、波をさらい見えるのは宝物(トレジャー)と何？　死に死に死に死んで死の終わりに冥(くら)し、だとしてもおれらは生まれ生まれ生まれ生まれてやるのさ糞(しに)おもしろい『デビル メイ クライ』をプレイする当たり前の景色、まるで知らない沖縄方言(うちなーぐち)の歴史、いまじゃ迫んのはそこにある危機、おれら(わった)はフランス革命の授業もちゃんと聞いてない糞餓鬼(やなわらばー)で無知、やしがよぜってえワックにはならんぜ眼のまえにあんのさ大いなる道！　ときにはむかしの話をしよう、それは忘れらんない大切なことさ、誰かもわからんバッチイ子宮に注がれたちっぽけな精子、それでいまこの手にあんのは？……ささやかなリズムとおれらなりの正義、仲間(ホーミー)と狙うは愛しのあの子の美人(ちゅらかあぎ)な女性器(ほーみー)！　生活は苦しい、あてどなく転がってはまた街から街、あいつは厄介(やっけー)やっさー、育て方まちがえた馬鹿息子(フリムン)やっさー、やしがショーウィンドウに写んのはパッケージだけの紛いもんばっかさ、おれらがなんのはパッセージをつたえる一人前のラッパーさ！　おれとお前の差は遺伝子レベル、おれはおれのまえにいる先輩(しーじゃ)のすべてに敬意(リスペクト)してる、いつ如何なるシーシャ吸ってるときでさえも敬意(リスペクト)してる、魅せてやるぜテッペン取るのは簡単なゲーム、おれにとっちゃまるで昼下がりのコーヒーブレイク！　はいやー、はいやー、すりさあさあ、かつて流れた名も知れぬ島民(しまんちゅ)のいくつもの涙、それを救うのさおれら(わった)が、ワッタ・ファック、ほとばしるバースはライク・ア・黄金言葉(くがにくとぅば)、おれらは敗者なんかじゃねえぞ刻まれてんのさこの胸に命こそ宝(ぬちどぅたから)のことばが、**月(ちち)ぬ走(は)いや、馬(うんま)ぬ走(は)いさ！**　つねにこの胸に刻んでおけ歴史の大河と言霊(ことだま)、いちばん深い夜空が明けたらやってくんのはほのかなひかりと明日さ……（トラックは順当にキューベースで打ち込みで作った。速度(ピッチ)を上げて、半拍ずらしてまた原曲をかさねる。グルーブ感をだしたかったので裏打ちでスネアとハイハットを入れた。80年以上もまえの曲のテンポだとリリックを乗せるには遅すぎ、かといって速くしすぎても軽くなってしまいもとの良さを殺してしまうため、けっこう苦労した。とりあえず10分前後のループトラックを用意したので、こうしてありったけのバースを披露してもらっている。延ばしたり、縮めたり、ほかのループ素材やエフェクト追加したりは彼のこのラップ次第だ。MVは秀逸なバースだけを抜きだし、本格的なリリックを決定した後で撮影する。即興性も無礼講もヒップ・ホップの良さだとおもう。散弾銃を携えたゲリラだ、それは権力を即座に脱臼させて、後には何も残さず撤収する。注文としては、ぼくがここにいて、そしてここはどんな場所で、なによりここでぼくはこうして生きてきた、ってことを歌って欲しいんだ、歴史のある曲を取り込んだのはそのためだし、それは大切なことだよ、ということを言っておいた。苦しみにしろ喜びにしろ、なぜいまここにじぶんがいるのかを遡って問い直す、そういうことをラップならできると直感した。エーウィッチや唖奇、チョウジやオズワルドがやるようなやり方で地元を掘削(レペゼン)する。そこに埋まっているのは、マイルドヤンキーな文化(カルチャー)だけではないはずだから）辞められない煙草に火、また嫌われたかとまいどの早とちり、貧乏だからまいにち忙(せわ)しない、光陰矢の如しの人生は花に嵐のややこしいハーモニー、不甲斐ない、夜の冷蔵庫のうえで書き足すリリックはそうだぜどんぴしゃりのアナロジー、がりがりに痩せた考えばかり、しょーもないな酷い勘違い、それでもいつかくるさ井の中の蛙が大海を泳ぐ自由自在な時代、ケータイの灯りで寝ながら星に願いを、テーブルに置いてんのは手につかないチャート式の問題、人生は数式じゃない、けど勉強できないのはやっぱつらい！　ガチのマジでなりたい愛しい彼女のこころ射止める薔薇の騎士！　朋輩のひかりはすべて星（エヴリ・ブラザ・イズ・ア・スター）、ありがちな朝ばっかでも忘れないさ感謝のありやしたー、はにかみ屋のあの子と観ちゃって空気さいあくだわアリ・アスター、朋輩（どぅしぐゎー）といっしょにいつか行きてえな海の向こうの淡路島、そんなこと言ってる間に戦争が進むんだ、彼方で泣いてるウクライナ、大麻がいっぱいでヤバいぜ沖縄、お子様みたいな寝言くっちゃべってる間にファイア！　世の中を席巻するチャイナ・マネーにでもいっそやられチャイナよ！　なんてこたあ言うなよ、おれらにひつようなのはちょっとばかしの対話とサイファー、九州のど田舎のこの島から世田谷にまで影響を与えてやんのさライク・ア・島津斉彬（しまづなりあきら）、耳かっぽじってよく聞いてくれやおれの未来のフォロワー、人殺しした音沙汰もない朋輩（ブラザ）のためにも歌いつづけるのさこの歌、はいやー、はいやー、いやさあさあ、やっぱりさいごにでてくんのはこのことわざ、かつて流れた名も知れぬ島民（しまんちゅ）のいくつもの涙、それを救うのさおれら（わった）が、ワッタ・ファック、ほとばしるバースはライク・ア・黄金言葉（くがにくとぅば）、おれらは敗者なんかじゃねえぞ刻まれてんのさこの胸に命こそ宝（ぬちどぅたから）のことばが、**月（ちち）ぬ走（は）いや、馬（うんま）ぬ走（は）いさ！**　つねにこの胸に刻んでおけ歴史の大河と言霊（ことだま）、いちばん深い夜空が明けたらやってくんのはほのかなひかりと明日さ……（徳生くんが事故を起こした、それもそのせいで人を殺した、というニュースがクラス中を駆け巡ったとき、もっとも沈んで茫然自失に陥っていた生徒のうちのひとりが透だった。徳生くんは誰からでも好感度が高く、たいして条件が良かったわけでもないぼくから見てもその頼りがいは顕著だったから、事故の報[illegible]は衝撃的でうまく受け入れきれないものだっただろう。つい昨日まで仲良くしていた友人がふいに境を超えて、想像もつかないあちら側へと拉(らっ)し去られてしまう。その理解困難な断絶に相対したそのようすはみるも無残だった。いくら話し掛けても上の空、返事は要領をえない。間近に事件がやってきた高揚と、それが余りにも身近すぎるために口を噤まざるをえないような、かなしみの喪空気にクラス中が包まれていた。だからこそ透にはラップが必要だったのだろう。あくまでサイファーをやるくらいにとどめていた彼がこうしてMV作成とその配信を本格的におもい立ったのは、徳生くんの事件のためなのだ。だからこそ以前からのMV撮影の計画にふんぎりついて[illegible]方を決めた。どうしてこんなことが起こったのだろうか、それを深掘りしていくとじぶんの出生に行き当たる、それからさらに掘り進めると、じぶんのなかに潜む歴史の縦糸を遡りつづけることになる。そういう風にしてじぶんの生の条件の根(ルーツ)をただひたすらに掘削(レペゼン)していく……他でもない徳生くんや透がふたたび回復するには、そういう音楽こそが必要だとおもったのだ。ヴェイパーウェイブのように、ひとつひとつの音を出所不明のものとして扱うこと、つまり歴史のない残骸(ジャンク)として提示する音楽じゃない。ロー・ファイのように、どこかエスニックでありながら無国籍的でメロウなビートに乗せるのでもない。この場所でこうして生きてきた、そういうことを歌いたいがためのラップ。そして、そのための『ムーンライト・セレナーデ』のサンプリング。透が呟きこみ、そばに置いてあったアクエリアスを飲みはじめる。ぼくもそれに合わせてトラックを止めた。それでどうだった、こんな感じでいいのか？　と汗だくになって、いくらかしゃがれた声で聞いてくるので、うん、とてもいいバースだとぼくは即答する。デモ版だと、それこそ本場のラッパーよろしくざっくばらんにNワードを使っていたが、それも修正済みだ。うん、これならいいだろう。きもちはわからないでもないけれど、仮にも全世界に放流するつもりの言葉なんだ、リスクヘッジは大切だし、そこもきっちり直してもらって助かるよ）……うーん、歯止め、ねえ？　でもよ、ヒップ・ホップにブレーキって必要なのか？　なんでもかんでも耳あたりがよくて、クリーンで、誰も傷つかないみたいな、毒にも薬にもならん嘘っぱちの風潮に中指立ててやるのもヒップ・ホップだとおもうぜ、おれは。まあ、おまえが作ったトラックありきだから文句は言えねえけどさ……え、フック？　いまんとこ月(ちち)ぬ走(は)いがいちばんガチっとくるかな、ちょうど『ムーンライト』だし、月繋がりの連想だよ。いやべつに黄金言葉(くがにくとぅば)詳しくはないけどさ、妹が夏休みぐらいからずっと口癖にしてんだよ。また誰かから影響受けたんだろうな……あ、いま思いだした。周もいっしょにMV作りたいっつってたぜ、ぜんぜん話変わるけど。え、知らん？

いやそんなわけないだろ知らんぱーすんなや、周だよ周、我那覇周。お前ら仲わるいっていうか嫌いあってるだろお互い、だからおれはいつも愛依子に関わるのはほどほどにしとけよ、って言ってんのに……まあ、アイツも徳生の朋輩(どうし)だったからな。こんなことになって何もせんではいられんだろ。おれらが弁護したらよ、徳生の奴実刑喰らわんでもよくなったりしないかな。え？　あ、そっか、そもそも少年法あるからたぶん減刑は絶対あるのか。でも、やっぱ刑務所の檻のなかなんだろ……クソキツイだろうなあ。よそよそしくて冷たい床

でねている。ずっとそうしている。かんがえると、くるしくなって、あたまのなかが黒ぬりになる。黒ぬりがぼくをおいかけてきて、かんがえることをすぐころしてしまう。~~ヤルタネ、ヘーゲル、吉本隆明、谷川雁、黒田寛一、~~みんな読めなくなってしまった。なにを信じていたのかおもいだせない。おもいだそうとすると、黒ぬりがおっかけてくる。だからいちにちじゅうそうしている。ときどきうかぶのは健吉(けんきち)の顔で、でもそれもすぐまっ黒になる。ぼくたちは友だちだった。でもいまのぼくをみたら健吉はがっかりするだろう。看守のひとが、沖縄が返かんされたことを教えてくれた。いずれ右がわの道も左がわにもどるかもしれない。~~おまえらの運動は評価していないわけじゃないんだよ、しかし、もう~~

~~いいじゃないか？　いつまでそうやって黙秘をつづけるつもりなんだ。いい加減らくにな~~~~っちまったらどうなんだ。外は変わりつづけてる。まだ間に合うぞ。おとなになるんだ~~よ。お父さんがかわいそうだとおもわないのか？　うっ、あ、おもいますっ。でもぼくたちは遊びだったわけじゃないんだ。そう言おうとする。でもそのまえに黒ぬりがやってきて、言うはずのことばがねじ曲がってしまう。ぼくのことばはだれにもわかってもらえない。はやく七三〇（ななさんまる）を歩けるようになるといいな、取調官が言った、でもそのまえに黙秘をやめてもらおう。時間のながれはおかしくて、いま、と、むかし、が一ぺんに起っているみたいだ。刑務所のなかはくらい。とてもしずかで、あたまがおかしくなりそうになる。まどの鉄格子の外には雑草だけのさらちがある。特に変わらないふうけいだ。ぼくは顔を鉄格子におしつけて外をみる。目をおおきくあける。風、と、ひかり。さけびたくなる。でもこのまえさけんだらなぐられたので、口のなかだけで、もごもごする。なにを言っているのかじぶんでもわからない。大切なことのはずだったのに。なぐられたあざはふくれた。さわると痛くて、しろいうみがどろどろでた。うみがつめたい床におちた。ぼくはなにを信じていたんだっけ。ああ、ああっていいながら頭をかきむしるとふけがでる。ぼくはなにを信じたかったんだっけ。~~革命、プロレタリアート~~。**転向**してしまおうか？　もうらくになってしまいたい。むかしの健吉が、秋繁（あきしげ）、~~おれは東京に行ってきたんだよ、そこ~~~~でおれは本物の闘争を見てきたんだ、想像もつかんぜ、国会の構内で数万ってプロレタリ~~

アートが団結して、全学連の旗をひるがえらせるんだ。共産主義者同盟――おれの東京体験はある種電撃だったよ、おれはジャンヌ・ダルクのような女学生の死に釘付けにされずにはいられなかった。もちろん、ブントの連中が見かけ倒しなことはつくづく知った、おれはこの島と安保への反乱をつなぎたいんだ。アイゼンハワーを未舗装の道から追いやったこと、それは確かにおれたちの力の証明だった、しかしあれは誤謬だったよ。秋繁、どうだ、お前もやらんか。本土のプロレタリア階級の課題を棚上げすることは、問題の根を見失うことだ、重要なのは解放闘争に有機的連関の糸口をさがすことなんだ。お前は叩きあげのインテリだ、しかし理論だけじゃなく魂もある。いっしょにこの島で闘わないか？あのときの健吉の顔はかがやいていて、ぼくもそうだった。でも、すぐに黒ぬりがやってきてしまう。おもいだせない、たしかにおぼえているはずなのに。健吉は本気だった。だからぼくもそれにくわわった。ぼくも本気でありたかったからだ。マルクス―レーニンの理論と実践の統一。ブントがなくなったあと、ぼくたちは本格的に活動をはじめた。ぼくたちはいつも合言葉のようにくりかえしていた。人間の解放は、プロレタリアートの解放なしにはありえない。そうすればみんな幸せになるはずだった。だれもが平等に生きられるとおもった。バツ、だ。あれもバツ、これもバツ。ペケ、ペケ、ペケ。鉄格子のなかはずっとおなじだった。だからまいにち、取り調べをながくやるほうがよかった。くるしいもたのしいで、いちばんつらいのはひとりでことばと向きあっているときだ。ぼくはぼくがバツで、ぜんぶのぼくが黒くぬられてなにもなくてそしてこれからもなにをやってもまっ黒だということがこわかった。「~~**絶望した。権力、体制との闘争に敗けたのではありません。じぶんの弱さ、無力に絶望したのです**~~」。取り調べはだいぶまちがっていた。ぼくはペケ、ぽ、ポンパとか、だ、だだいだ、ずん、下をむいてだまるとき以外は、ぼくのことばをしゃべっていた。それはうそだしほんとうのことばだった。警察のひとはよくわからないみたいで、よかったけどしばらくしたらぼくじしんもわからなくなった。黒ぬりがぼくをおいかけてくる。~~ゲバ棒~~で叩かれた頭のなかのまっ黒から、ぼくのいうぼくだけのことばがいっぱいでてきて、ぼくはぼくだけのことばであふれた。なにがほんとうでうそなのか。ぜんぶわからなくなった。ペンをもつと紙をつぶしたくなる。はなしたらきづいたら意味がわからない。ぼくたちはまけてことばをなくしてしまった。**転向**しようか、**転向**したらことばがなおるだろうか？　ぼくは鉄格子のなかでころがってすごした。鉄格子のそとからくるひかりと風はここちよかったけど、それだけだった。夏も冬もなくて、ただ外があるだけだった。母さんは勉強がきらいで、よみかきもできるかどうかだから、新聞も読めなくなっているみたいだ。でも父さんの手紙はおもしろかった。お菜を食べながらそれをみた。ときどき吐いた。食べたい欲がきもちわるく、おなかがなったら吐気がした。海洋博というものがはじまる予定なこと、道をさかさにするたたかいがつづいていること、本土がさとうきび畑にきかいをいれようとしていること。まいにちあたらしい生活が書かれていた。わからない文字があると、ぼくはわからないまま読みあげてわかろうとした。黙れ――そのいみくじわからん独り言をやめろ――看守が壁をたたいておこった。せなかの骨が曲がってくる。こころも曲がってくる。あばらは洗濯板になって、ぼくはヤスデだ。床にへばりつくぼくのまわりで、季節はぐるぐるおなじところを回っていた。夜、こん、こん。きのせいだとさいしょおもった。でもちがくて、こん、こんはほんとうにとなりの壁から聞こえた。聞こえるか？　聞こえるか？　だれかいるだろう？　じゃがじゃがの声だった。ああ、い、いい、う、ああ、いいい。います、ここにいます、と言いたかった。それだけなのにことばはでてこない。看守いがいのひとの声はひさしぶりだった。うれしくて、あせった。ことばのかわりに、こん、こんと壁をたたいてかえした。そうしたらまた、こん、こんと音が聞こえる。げんこつの骨が鉄の壁をたたく音だった。またかえす。こん、こん。こん、こん。だれかいるんだな、おとなりさんか、とひそひそ声。おれは李(リー)っていうんだ、リー・シャオトン、すももに、ちいさいあかりで、李小灯だよ、おとなりさんの名前は？　すもも、に、ちいさいあかり。ひさしぶりのすてきなことばで、うれしかった。ぼくはぼくの名前を聞かれているのをわすれて、そのなまえをくりかえした。すもも。ちいさいあかり。り、り、りい・しゃおとん。李が、こん、こん。ぼくはゆっくりと、あわてないようにぼくの名前を言った。おおお、ああ、ひ、ぽう、ぼく、の、名前は、あきしげです。な、なかはら、あきしげです。菜っ葉の菜に、ぅも、かいかか、嘉えい、なんねんの嘉に、原っぱ。それから秋がしげり、しが、しげります。ぼくは、菜嘉原秋繁です。ちゃんとことばを言ったら、むかし食べた母さんの桃の味をおもいだした。母さんが切った桃をもういっかい食べたい。吃音とかのしゃべりじゃないな。むかし友だちにもそういうやつがいたよ。ヤー公にむちゃくちゃにやられて、足を折られて一週間かんづめにされたんだ。でてくるころには宇宙人のことばをしゃべるようになってた。くるしいならあまりしゃべらなくていいぜ。でも話し相手になってくれよ。李のことばはおもしろくて、きらきらしていた。夜がすこし好きになった。はい、というのは、こん、こん。いいえだと、こん、のいっかいだけ。ぼくと李はそうやってしゃべった。おれは東京の葛飾にいた。でも、親はどっちも釜山の生まれでな。ほんとうは釜山の人間なんだ。ずっとどこかにすべるみたいに移動してた。はてにはこんな南の島まできちゃったんだよ。死んだら釜山に骨をまいてもらうつもりだ。まだ死ぬつもりはないがね。こん、こん。家がなくてね。ちいさなころから、定住みたいな生活をしんじられない。むかしは小学校の運動場で寝起きしてたんだよ。バラック小屋建ててさ。漫画がすきで、そういう生活をやれるとおもってたんだが。でも現実はちがう。こん。根無し草の朝鮮人なわけだからな。ずっといじめられっぱなしだった。国に帰れってまいにちからかわれたよ。帰れるもんなら帰りたいもんだが。こん、こん。李のおはなしは夜にすすんだ。いちにちごとに李はわかくなったり老けたりした。ジグソーパズルだった。夜がくると、李がここにくるまでの1ピースがすこし増える。うなずきはおはなしに壁をたたいてやった。李の人生もくるしかった。ぼくは李みたいなひとを助けたくて闘っていたんだ、とおもいだした。でもすぐ黒ぬりだ。生まれたらみんなラクガキされる。じ、人種、とか、国境、とか。ぼくはラクガキを消したかった。でもラクガキはなくならなくて、いまはぼくのあたまのなかまでラクガキだらけで、いやなきぶんだ。いやなきぶんだな。まっ黒！　まっ黒！　ぼくのことばとやることはいつもまっ黒で、そんなまっ黒でぼくはかたることができない。どうせまたラクガキがふえる。**転向**……看守がいるから李はしゃべらない。だれともしゃべらない。なにもしていないとすぐ黒ぬりがこぼれる。ブントの衝撃は原初的経験であり覚醒に近かったが、半端なものだとしだいにわかってきた。そこからさらにぼくらは方向転換した。革共同との出会いはそういう意味で弁証法的な転回だったし、ぼくらにとって赤光（しゃっこう）だった。のがれることはできない。すっかりぼくはだめになってしまった。いつか人間は黒ぬりにされる、と、おもってみれば、ぼくの黒ぬりもたいしたことじゃない。そんなわけないのはちゃんと知っているのに。ぼくらは祖国復帰県民大会には参加しなかった。反米民族主義を立脚点とした、あくまでブルジョア的日本への回帰という考えは非革命的だと結論づけざるをえない。それは当然の帰結であり、ぼくらがつらぬくべきは「反帝・反スタ」の革命的実践、具体性を捨象せずにいうならばアメリカ軍事基地反対・米ソ核実験反対・大田任命政府反対・中仏核実験反対・佐藤来沖阻止であり、運動を徹底的な沖縄的形態として組織することだった。あのふわふわしたかっこいいことばになんの意味があったのだろう。ぜんぶ夢みたいなものだったし、ぼくは黒ぬりにされるのをあきらめればかんたんだった。おおきな鉄球で家と夢がこわれてからみんな仲間でころしあいばかりしている。ラクガキなんてあたりまえだ。看守のいうとおり、おとなになってまたはじめればよかった。だれも気にしないようなことばかりに本気になってしまう。そんなのやめりゃいいじゃないか。でも健吉がそれをゆるさない。ぼくのまっ黒のおくにはいつも健吉がいる。一時的に健吉が本土へ留学していたころ、ちょうど第一次羽田闘争が起こった。はじめ、健吉は真正面からこの闘争には参加していなかったようだったが、ちょうど沖縄出身の九大生が犠牲になったことで彼も立ちあがった。羽田闘争は阻止線を突破し、機動隊員を敗走へ追いやった、つまりは初勝利を収めたのだ。その反動は弾圧として現れた。国費を撤廃された彼の九大生のために、健吉もまた新党派の流れに合流した。おれたちは袂を別ったわけじゃない、沖縄にもどったら共闘する機会がまたあるだろう、と健吉は手紙でぼくに言った。この島を逃走の解放区として場所と空間を制定しようといっていた当の健吉が本土で分裂してしまい、トロツキストになってしまったのかとぼくは恐れたものの、この一言が束の間の憩いをくれた。健吉が嘘をつくはずはなかった。ぼくたちは同志だった。たとえ本土で革マル派と中核派が度重なる亀裂を広げても、ぼくらはおなじ島民としてスクラムを組むことができるはずだ。そしてじっさいそのとおりだった。あるときまではそうでも、ぼくにはそれだけがのこっている。健吉は沖闘委の中核を担って新グループを立ち上げ、そこにベ平連が加わったうえで、渡航制限撤廃闘争が始動した。ぼくらがいっしょに闘えたさいごのじかん。「沖縄への渡航手続きに関し、手続き拒否をやれということを、それを大いに支持します。私たちも晴海へ行きます。みなさんも一緒に行きましょう。」と小田実がいったように、ぼくらはそのとき党派に係わらず連帯し、一丸となって闘った。ぼくらの再会にことばはなかった。でもこころにずっとつたわるものがあった。那覇～東京までの海路をたどる「ひめゆり丸」が、港で船出の刻を待っている。彼らは出立したさきで、本土と沖縄を渡る障害となった身分証明書の制限を粉砕するために闘争を開始する。だれもが沖縄の海をわたって日本まで行けるようにする。そのための闘い。道はちがくてもこころざしはおなじで、そしてなによりぼくらはこの島で生まれた。仲間のためにぼくらは港にあつまって、赤い旗をふっておおきな応援のこえでさけんだ。船のうえには健吉がいる。ごやごやしたあつくいいきぶんの仲間のうるささのむこうで、健吉はたしかにぼくをみて、げんこつをあげた。ぼくもひとのあいだからげんこつをあげて、メッセージをつたえあった。ぼくらは敗けない。おたけび、に、まう旗、しおかぜのかおり。ともに闘うから敗けないんだ。でもそれもながくなくて、みんなすぐにおかしくなった。だれもがだれをも憎むようになった。ゆっくりと、ぼくと健吉も、憎しみあうようになった。まっ黒がおおきくなって、夢をつぶしてしまう。声はとおくなってことばはとどかなくなる。ぼくらはラクガキをみておこり、ラクガキのうえからまたラクガキを書いて、まっ黒になるまでそうしてるあいだにころし、ころされしてみんな死ぬ。みんなまちがってはいなかった。ただだれもただしくなかっただけだ。こん、こん。そしてまた夜がくる。すこしだけ、ぼくは健吉とじぶんのまっ黒をわすれる。おかしくなるまえに、生きたなまの李のことばにすがりついた。父さんは建設労働者でな、丹那トンネルで作業しているあいだに死んじまった。だれもいち朝鮮人の生き死になんか気にしない。だからおれも死ぬまで苦労するだろうなと、はだでわかったよ。でもそれが人生をほうる理由にはならん。そうだろう？　こん。ずいぶん悲観的なんだな。革命の理想もだめになったか？　こん。看守から聞いたよ。お前さん運動家だったんだって。夢みがちな若造なんだな。もっと年くってんのかとおもったが。この沖縄で大学まで行かせてもらって革命理論を学べるんだから、お前さんたちが倒そうとしてるブルジョアなんていうのはお前さんがたじしんじゃないかね？　きえないきえないってじぶんの影法師をふみつけるガキだよ。こん、こん、こん。わかったわかった。おこらないでくれよ。こん、こん、こん、こん、こん。すまなかったって。ちょっとからかってみたくなったんだよ。おれはもう年寄りだからな。ゆるせよ。こん、こん。『のらくろ』が好きでな。あれで世の中をちょっとだけ知ったんだよ。いばしょのない犬っころが軍隊にはいって、出世していく。おれはのらくろそのものだとおもいたかったんだ。現実のおれは学校をすぐにやめさせられて、丁（でっ）

稚奉公さ。せいせいしたがね。あそこの連中はおれみたいな人間を理解できないらしい。『タンクタンクロー』、『冒険ダン吉』、『軍神西住大尉』。漫画ばかり読んでいた軍国少年さ。お前さんたちの敵役ということになるね。ヒーローは西住小次郎、広瀬武夫、乃木希典だった。『西住戦車長傳』は十回以上みたよ。おかしなはなしだが、さいごには西住戦車隊の敵の中国兵にこころからおこるくらいになってな。のめりこんださ。かんじんの戦争には掏摸のやりすぎでお縄になって行けずじまいだったが。だから塀のなかで終戦むかえて、また塀のなかにもどってきたというわけさ。おい、どうした。返事がないぞ。なんだ、まだおこってるのか。ふん。民族アイデンティティをこじらせた右翼のはなしは聞きたくないってか。馬鹿な若造が。革命がなんだ平等がなんだといったって、お前らもおれを差別してきた連中とおなじだよ。他人を理解するあたまがねえんだ。じゃあお前さんがきらいなタイプの歌をうたってやろう。てえんかむてきの戦車隊い、むぅげんきどぅの歯車にい、かむや大地の土煙い。こん、こん、こん。へへっ、『西住戦車隊長の歌』だ。暗誦できるのさ。さぞ耳障りだろう。げに奮迅の勢いは、ごぅごぅついに幾千里い。こん、こん、こん、こん。みよやこの忠この義烈ぅ、敢て誇らぬ軍神のお、眸も凜たるそのわかさあ、馳駆縦横の戦線にい、西住ありとひとぞ知るぅ。かなしさをかくすみたいな大声で李はうたった。看守がきて、なぐっても李はうたおうとしていた。ぼくはうたから耳をむししたかった。うっ、ぐ、あっ。看守がしつこくなぐって、李はうめいた。歌がおわった。ぼくはぼくのまっ黒がぼくからうまれているのを知った。まっ黒はぼくじしん。それでまっ黒はほかのいろの声や歌をぬりつぶす。いろんな人間のまっ黒がいろんな人間の声と歌をぬりつぶす。やっぱりぼくもそうで、世界はラクガキだらけだ。消しゴムのカスがいっぱいになってもずっと黒いままだ。角材の有効性とその限界はいかなるものか。対権力武力闘争は単純にゲバルトを組織することで打破しうるのか。ぼくらは別れて、その別れたところからまた別れて、きづけば血みどろのしたいばかりだ。ぼくと健吉の道はべつべつになって、どっちにも出口はなかった。第一次羽田闘争は電撃作戦にすぎず、ゲバ棒をもたぬ闘争を第二次羽田闘争では展開する。結局のところ、本土からやってきた中核派は沖縄という土地を接収し、ぼくら土着の革命を排外するよそものの侵略者なのではないかという疑念は消えなかった。むかしはともにあげたげんこつで、ぼくと健吉はおたがいのあたまを叩きこわすことになっていった。本土の党派分裂の余波はこの島にもおくれてやってきた。対立は安田講堂決戦において、革マル派が直前に参加を取りやめたことで決定的に顕在化し、もう溝は埋まるべくもなかった。平和とか平等とか、それがぼくらの夢だったのに、ぼくらはぼくらだけでもなかよくやっていけず、どっちみちころしあう。ぼくら反戦会議側、つまり沖縄革マル派は、沖闘委への殴り込みを決行した。それはかんぜんに正義のためだった、ということになっていた。敵陣の解放区へぼくらは乱入し、罵り合い、殴打、ゲバルトの気配は箍を外れて噴出した。入り乱れる群衆のなかに、ぼくは健吉のすがたを発見した。健吉のほうもぼくにきづいたらしく、眼と眼があうが、それは憎悪のひとみだった。そして健吉もぼくの眼のなかに燃え立つ憎悪を認めていたに違いなかった。もうもとにはもどらなかった。あともどりはできない。ぼくが健吉と睨み合う一瞬、背後から角材が脳天に降りかかってきた。ガクンと膝を折ってぼくは群衆の足元に昏倒し、足音ととどろきが響く地面のうえで呻き、頭のなかにはぽっかりとゲバルトの空洞が空いた。それからしばらくして、健吉は死んでしまった。そしてぼくはことばをうしなった。この決定的な分裂の泥仕合以降、中核派の沖闘委はますます勢力を増していくことになる。そして琉大全共闘が熾烈に発足されるなか、健吉はひとりでひっそりと死んだ。なにもいわずに。暗い部屋のなかで、確実な死を約束するおおきな木製の家の梁にロープを括って、革命の残滓をあらわすような糞便を垂らしながら健吉は死んでいる。机のうえには簡明な遺書があって、そのことばがぼくにまとわりつき、ぼくのまっ黒なあたまにすきま風をふかす。「絶望した。権力、体制との闘争に敗けたのではありません。じぶんの弱さ、無力に絶望したのです」。そしていまぼくはここにいる。塀のなかであたまをかきむしってまっ黒によごれたことばをつぶやく、そればかりだ。やめてしまえばらくになれる。でも外でまだ闘っている同志が、いちばんは健吉が、ゆるさないはずだ。みんなぼくにがっかりするだろう。なによりぼくがぼくにいちばんがっかりして、なにもかもなくしてしまうだろう。ちょうど健吉みたいに。こん、こん。おい革命家、生きてるか？

こん、こん。なあ、なんか言ってくれよ。まえのことはあやまるからさ。こん、こん。おい、はなしをしようぜ。はなし聞いてくれよ。こん、こん。さびしいんだよ。こんな塀のなかでとなりどうしなのも縁じゃないか。そうだろう？　こん、こん。おお。こん、こん。こん、こん。やっとかえしてくれたか。うれしいぜ。なあ秋繁、おれたちはおなじだとおもうんだよ。お前さんからしたら心外かもしれないが。犯罪者だからじゃないぜ。ぜんぶだめになったのにまだらくになれないからさ。らくになる気もない。終戦したあと、おれはシャバにでて結婚したんだ。日本人の女だった。それからノミ屋をやってさ、けっこうおちついてしあわせだったんだよ。生活はくるしいし、事業にも失敗してばかりだったけどな。でもそういうのは関係ないだろ？　人生をせいいっぱいやれるかってことには。こん、こん。ひさしぶりに意見の一致だな。おせじにも美人じゃなかったが、かわいい女だったよ。こんなろくでなしを愛してくれるんだから、あばたもえくぼさな。まあここにいるわけだから、ながくはつづかなかったんだが。うわさってのはおそろしいよ。おれが朝鮮人ってことはかくしてたってのに、いつの間にやらばれてたんだ。酔った客があいつにからんで、かみが料理んなかにはいっただの、いちゃもんつけてな、それでこう言ったんだ。気をつけろい、この野郎、＊＊＊＊がちょうたれたことこいたらすぐにまたぶっころしてやるからな！　李はおどけたこえまねをした。でもそのこえはわらってなかった。わざとかなしみをまえからけそうとした空っぽにふざけていた。それからしずかになる。こん、こん。ぼくがげんこつでうなずくとまたおはなしがつづいた。そこからはもうだめさ。きづいたら酒瓶でそいつのあたまをたたき割ってたよ。おれはすぐになにもかもだめにしちまう性向なんだなあ。でもいちばんだめなのは、あいつからにげたことさ。にげて、にげて、こんな南の島でお縄だよ。詐欺と窃盗(パクリ)でぶっこまれて、そこに傷害罪のたしざんだ。ぼくと李がおなじだというのはほんとうだとおもった。ぼくのあたまのなかのまっ黒な空洞と李がなぐった男のあたまの空洞はおなじもので、つながった。ぼくはうしろあたまに酒瓶でなぐられた切れるガラスのいたさをかんじた。それといっしょに酒瓶でひとをなぐったびりびりもてのなかにでた。こん、こん。ああ、お、ぷあい、いあ、ぼく、らはおなじです。お、おおんなじ、人間です。李がぼくのあたまをなぐった。さかさまにぼくも李のあたまをなぐったこともあるとおもった。くっ、くっ、と李はわらった。それからなにもいわないで壁をたたいてへんじした。こん、こん。たぶんおれはシャバより塀のなかにいる時間のほうがながい。でるころにはほんとうにじじいさ。でもお前さんはちがうだろう？　はやくでていけよ。まだやりようがあるはずだ。いのちより思想がだいじだとはおもえんぜ。塀のなかで死ぬのは勝手だが。ぼくはこたえなかった。思想はいのちよりかるいのだろうか。健吉はむだに死んだのか。**転向**。面会にきた父さんのせなかはまえみたときよりちいさくなっていた。父さんの手はずっとふるえていた。お酒かとおもったがちがうみたいだ。生活がいつもくるしいからだと。父さんはぶるぶる手をあわせて柵のむこうのぼくに控訴の申立書を書くよういっていのる坊さんだ。やー秋繁、むどってぃっちくいーんが、大学んかい学問しみたんやあらんが？　ぶるぶる。なあ充分やさに、また借金やさ。頭懸とういんくるから沖縄やぬうん変わらん。わんはよ、ぷろれたりあーと？　ぐとうむじかさんことばはぬーんわからん。やしが、やーんかい勉強しみたんはできやーんかいしむるためやさ。もう帰えてこい。ちゃーするつもりか。わんねえ、うんな学問や捨ていんかいましやおもうわけよ。革命、と、夢、に、過去も捨てて家にかえる。父さんののぞみはそれだった。父さんはひとつの雑誌をわたしてかえった。ここにくるまえよくみたもの。革マル派の機関紙『解放』。めをみはる。よんでいるとむねがつっかえってつぶれそうだ。くるしく、なみだもいきもでない。ひとちがいのひとごろしたち。そこには琉球大学で、内ゲバ誤認殺人がおこったと書かれていた。「午後一時四十分ごろ、彼らブクロ中核派の殺し屋八人は、二台のレンタカーで乗りつけ、手に手に殺人用バールと先を鋭くとがらせた鉄パイプを持ち、そのゆがんだ顔を黒のストッキングでおおいかくしつつ、七十名余の学生が講義（物理学概説）を受けていた教養Aの教室に後方から突如として乱入した。そして『自治会委員長のAはいるか！　Aはどこだ！』とヒステリックに叫び……『あれがAだ！　殺れ！』と口々にわめきながら、バール、鉄パイプなどの殺人用武器をふりかざして、背後から襲いかかり、彼、H君の後頭部に狙いを定めてメッタ打ちにしたのである……殺害されたH君の肉体は、全身にわたって破壊され、目を覆うばかりの惨殺である。でん部は深さ十四センチにわたってバールで突きさされ、ひ臓、腎臓は完全に破裂し、全身数十ヵ所にわたって、バール、鉄パイプがくいこみえぐられている。それればかりではない。集中的に狙い打ちされた後頭部はメチャクチャに砕けちり、その傷口からは脳みそが露出し、しかもその脳内に頭蓋骨と鉄くずが……」。それはむかしぼくと健吉がいた党派のころしあいだった。ぼくはしんぞうをにぎりしめて床にころがる。ことばがでてこないのがくるしく、つっかえている。ああ、ああ、とさけんでぼくはいうべきぼくのことばをさがすのにでてこない。まっ黒がおいかけてあらかじめことばをころす。**「絶望した。権力、体制との闘争に敗けたのではありません。じぶんの弱さ、無力に絶望したのです」**。ぼくはじぶんでのどをしめて、ばたばたころがった。のどからあたまのまっ黒の空洞からことばをひねりだす。**転向**する、ぼくはここから**転向**する、まっ黒のころし、ころされをひきうけてぼくはこの絶望から**転向**して、あたらしいことばをさがす！　ごん、ごん。壁をぶったたく。李のこえがきこえる。ただの**転向**ではだめだ。ぼくはラクガキされたままでていって、まっ黒のなかから、まっ黒にもどっていくぼくの空っぽなことばをそれでもさがす、そうやって**転向**する。うしなわない、ぼくはなにもうしなわない。ぼくはわけのわからないよれよれことばで控訴のための申立書を書いた。公判のしらせはやがてきた。世界はまっ黒ばかりで、でもぼくはぼくのことばを、つっかえつっかえでもうたう。扉からでて裁判にいくとき、李がいつものささやきじゃなく大声で、おい、秋繁、敗けるなよ、おれも敗けないつもりだ、とさけんだ。ふりむくと、扉のなかから李のげんこつがぐぐっとでていた。看守たちにつれられながらぼくもげんこつで、ごん、ごん、と壁をぶったたいた。鉄の壁はふるえてつたわった。ここにいる、ここに

いるよ、ってわたしは橋のしたの写真を撮って、ＬＩＮＥのトークにはる。トークのあいてはノリちゃんで、待ち合わせはいつもここになっている。示し合わせたんじゃなくて、しぜんとこうなった。今日はいつも来る陸上やってる男の子が来なくて、暇をつぶせなかったからつまらなかった。バッグのなかには、ちゃんと『グラップラー刃牙㉗』をいれてきたのに。橋のしたの道路は夜の渋滞で、車のヘッドライトできらきらしていて、きれいだけど正直グロかった。この車の一台一台にひとがいて、そしてひとはそのひとなりの人生があって、でもこうしてなにも知らずにすれ違う。そういうたくさんのひとがじぶんのやりたいように増えまくって、バラバラに増えつづけて色んな街へ行く。そこでセックスしたり、喧嘩したり、踊ったりする。むかしから群衆みたいなのがきらいで、人ごみに混じっていると人生の重力みたいなのが脳ミソに押しかかってくる感じがして、きぶんわるくなった。でもわたしはもう何千、何万ってひとの視線がこのからだに乗っかっている。

それは幽霊みたいに、質量もなくわたしの意識におりかさなっている、けれどたしかに存在するおもさだ。学校に行ってないって母さんにバレるのが怖いから、行くあてもないのに制服着て家をでる。その制服のままでわたしは素人モノのAVにでていた。『【沖縄現役素人J◯】激ヤバ動画　完堕ち編えなちゃんに紹介してもらった現役中◯生なつちゃんの放課後セックス　ナマがきもちよすぎて中出し懇願！初々しい南国制服美少女ハメ撮り流出』学校の講演でやってた、いちどインターネットにでた情報はけっして消えない、というのはほんとなんだってわかった。ヒガジュン先輩とヤって撮られたときの動画で、いまはアダルトサイトで2千5百円で売られてる。わたしの裸体のデジタルタトゥーが、たったの数千円。おどろきだよね。そこそこ売れたみたいで10万ちょっとくらい売り上げたって先輩は言っていた。わたしにくれたのは3万円とちょっとの小銭で、さすがにピンハネしすぎだ。ちゃんとわたしが寝たかどうか、夜遊びにいかないかみはるお母さんの目をぬすんで、布団にもぐりこむ。深夜になると不安になってきて、タイトルをコピペして調べてみると、やっぱり色んなサイトに転載されていた。シークバーのしたに波線がある。その波線は、オナニーする視聴者がどこで射精したかあらわすしるしだ。波は挿入されるとこと、フェラのとこでぐわんと盛り上がっていた。いちばんは騎乗位からうつって、先輩に馬乗りにされるとこ。ふるえて、波線をきざんで射精された精液、それとわたしのはだかを見る目が、エロサイトの情報っていう目には見えないけどたしかにあるおもさで降りかかる。さいあくだったけど、いちばんさいあくなのは、切り取られた動画がインスタでめっちゃ拡散されてたことだった。わたしがあえぎながら、先輩の腰のうえでぐるぐる回ってる、数十秒の動画。もともと学校にはまじめに行ってなかった。けどこの動画のせいでよけいに行けない。トイレに行くにもいっしょで、ぎゃーぎゃーさわいでる。でもひとりになるとひっそり。そういう女の子っぽいことがきらいで、評判よくなかった。だからこんなのが出回ってる以上、わたしの居場所なんてもうないだろう。なつきってじぶんのことしか考えてないよね、世の中はみんなつながってるんだよ。なんかナルシみたいなこととしてないでたまにはだれかとしゃべったり、したら？　それがふつうだよ。ふん。なんだよ、世の中って。なんだよふつうって。眉毛の描きかたもしらん性格ブスどもめ。あ、顔もブスか（笑）。みんなつながってるせいでわたしのはだかが全世界公開されるはめになっちゃったんだよ、ばーか。ていうか、そもそもなんでハメ撮りなんて撮ったんだっけ。べつにお金がほしいわけじゃなかった。さそったのは高校生のえな先輩で、ヒガジュン先輩のセフレ。でもえな先輩みたいにキャトルのイヤリングほしいとか、堕胎の費用がほしいってわけでもない。ドラッグが流行ってて、それは自衛隊からでたとか、米軍基地からでたとか、大学の農学部がそだててるとか、いろいろうわさがあった。でもどれがほんとかはわかんない。先輩たちのよくいるグループがそれでパクられて、さすがにヤバいっておもったのか、ねえ、なっちゃん、わたしといっしょにこいつらからはなれない？

たぶんそろそろほんとにヤバいよ。というわけで、わたしはそれにあわせて、ヒガジュン先輩たちの激ヤバグループからはずれた。ひとにながされてセックスして、それでまたひとに合わせてやめる。わたしってわたしがきらいな空気よむだけの女とおなじかもしれない。なにも考えてない、っていうことはないとおもうんだけど、でも考えるのはむずかしい。ムカつく、とか、きらいとか、逆に好きとかきもちいいでまいにち判断してる。脊髄で反射するだけで生きていた。それでもお母さんがいうみたいに、あんたはじぶんではなにもできない、なにも考えられない。だからわたしのいうとおりにしなさい。っていうのからははやく逃げたいってずっとおもってる。もう中学生になったのに、あんたは布団で洩らしたときもすぐうそつくからこれからも絶対成長しない、とかいってくる。むかし幼稚園で体育着の袋のなかにチョウチョウつかまえたことあったわよね。あの黒白できれいなオオゴマダラ。袋ふりまわして帰ってくるから、狭い袋のなかでオオゴマダラはかさなって死んでる。ちぎれた羽、いたるところにつく鱗粉。でもあんたはかなしい顔もせずテレビばっかりみて、遊びにいって、またオオゴマダラを獲ってきた。そしておなじようにまた殺す。あんたはむかしっから残酷な子どもなのよ。だから母さんのこともこんなに苦しめるんでしょ。うるさい。狭い袋のなかに閉じ込めているのは、お母さんのほうだ。なにかおしゃれしても、あんたには似合わないんだからやめときなさいって。あんたは父さんに似てよかったわね、わたしみたいなブスに生まれなくて。でもその鼻はわたしとおなじね。鼻、この豚みたいに低くてちいさな鼻。お金貯まったらここだけは絶対整形したい。というより、なんでわたしの父さんがだれかわかるんだろう。いまじゃ老けてだれにも相手にされなくなってるけど、むかしのお母さんは離婚したり、男を連れ込んでばかりだった。よく泊まりにきていた義父は、わたしのベッドにはいってきてわたしを抱きしめながら寝た。後ろから、おっきな手で胸とか太ももを撫でたりする。こわくて、息がつまった。けどお母さんはやっぱりまともに相手してくれない。ああ、あれ、スキンシップだったらしいわよ。嘘つき。ねえ、たのむからわたしの人生のジャマしないでくれる？　ようやくまた結婚できて、やりなおせそうなのに。あんたがその妄想でさわいだら、あのひと引いちゃうってなんでわからないかな。じゃあ産まなきゃよかったじゃん。ねえ、お母さん、なんでわたしのこと産んだの。はあ？　それはこっちがいいたいわ。なんであんたみたいなのが産まれてきたの。わたしあんたみたいなのに産まれてほしいなんておもってないけど。こんなことというくせに、ちょっとなにかあるとすぐ家族なんだからとか、恥かかさないでとかいう。お前に恥なんかないくせに。死ねばいいのにな。さいきんは足わるくなったっていって、家事とかもわたしにやらせようとしてくる。でもわかる、お母さんは嘘つきだ。結局それはふりでしかない。このまえ買い出しサボったら殴られて、そのあとひとがちがうみたいに抱きつかれた。ごめん、ごめんねえ。わたしにはなっちゃんしかいないのよ。わたしはほんとにだめな母親です。なっちゃんに捨てられたくないから、ひどいことばかりいっちゃうけど、ほんとはそんなことおもってない。だって娘なんだから。なっちゃんのこと世界でいちばん愛してるからね。嘘つき。いってることすぐ変わるし、あたまおかしいのかな。きもちわるい、ぶよぶよした肉。わたしがほしいのはこんな抱きしめかたじゃない。どうにかして、ここからでていきたい。でもわたしにでれるのかな。こんなに馬鹿で勉強もできないのに。友だちもいないあたらしい場所で、ひとりっきりで生きるなんて、想像もできない。でもいまいる場所にいるひとたちがいいひとかっていうと、全然そうじゃない。距離をとろうとしたとき、ヒガジュン先輩は、こんどは乱交モノで4pのAVを撮ろうとしてたみたいで、ひきとめられて、めんどいことになっちゃった。おれらから距離とんのはまあいいよ、友だち付き合いってひとそれぞれだしな、でもさいごにもっかいハメ撮り撮らせてくれん？ たのむよ、奢ったり服買ってあげたりしたじゃん、また売れたら給料払うからさ。マジで、いやすぎる。乱暴にされたり、みられたりして興奮するひともいるみたいだけど、わたしはそういうセックスはぜんぜんきもちよくなかった。ふつうにさしむかいで1対1（ワン・オン・ワン）、ぎゅっと抱きしめられながらヤるのが、いちばんすき。シンプル・イズ・ザ・ベスト。そういう瞬間のためだけにセックスしてるのかもしれなくて、でも、一瞬ぎゅってされても、そのあとはすぐはげしくピストンみたいなのばっかりで、おもしろくなかった。だからノリちゃんには期待してる。ノリちゃんはやさしくて強い。いままで会ったことない男のひとだった。ヒガジュン先輩たちから逃げられたのもノリちゃんのおかげだ。まえにいろんなメンバーで肝試しに行ったらしく、そのとき先輩とはなししてハメ撮りの動画を消させてくれた。ノリちゃんはヤンキーではあるんだけど信頼ある。ファミマで友だちがヤクザに絡まれたらひとりだけ怒って、それでそのヤクザと仲良くなっちゃったとか、もとサッカー部で足骨折してグレちゃった友だちと毎朝チャリで二人乗りして学校まで登校してたとか、そういう武勇伝がいっぱいある。ぶっちゃけあやしいのもあるけど、うそかほんとかはどうでもよかった。ただ、そういうはなしをじぶんではいわないのに周りのひとたちが、あいつはそういうやつだよ、っていううわさをよく聞くから、すてきだった。ほんとにそういう性格じゃないとうわさは流れない気がする。でも、だからわたしとセックスすんのためらってるんだろうな。キスまではいってるのに、わたしがうちに呼んでさそってもぐだぐだしてる。わたしがおっぱいみせて、ズボンさわったらちゃんと勃起してるのもわかるのに、だめだ、って。なつきはまだ中学生だし、もっとちゃんとお互い信じられるようになってからのほうがいい。いや、なに中学生って？　たしかにそうだけど、それいうならきみだって高校生じゃん。ぜんぜん無問題なのにな。ノリちゃんのこういうところがきらいで、でも好きでたまらない。たぶんわたしが円光みたいなことしてるの知ってて、だからそういう男とはじぶんはちがうってつたえたいんだろう。そんなこと、もう知ってるのに。ノリちゃんといると無敵になったきぶんになるから、できるだけいっしょにいたい。離れたくないし、離さないよ。夏祭りとかひとがいっぱいいいてきぶんわるくてきらいで、でもノリちゃんと手をつないで歩いていると、ふしぎとじぶんがあったかくて透明な膜に包まれたみたいに落ち着いていられた。ほんとは浴衣着ていきたかったたし、お金はじゅうぶんあった。おおきなショッピングモールの仕立て屋に行って浴衣を買った。それでお母さんにバレないよう引出しの奥に入れた。けどお母さんはぬかりない。じぶんも勉強なんて全然できないくせして、勉強しろ、勉強しろっていうくせにわたしのことだけは犬の嗅覚だ。わたしが外にでるチャンスをつかむと、どこからともなく嗅ぎつけて、その機会を先回りしてつぶしてしまう。親に従わないあんたがわるいんだからね。喧嘩したすえにヒスはいって、お母さんがハサミで浴衣を切り裂く。ぼろぼろに千切れていく布と糸をみてわたしはこころが折れそうになった。これからさき、就職、恋愛、結婚、ぜんぶこのひとが背中からじっとみはってて、わたしのやることなすことすべてを先回りして支配するだろう。それでわたしの人生はオシャカだ。大泣きしながら家を飛びだすと、1時間もおくれたのに、ノリちゃんは待ち合わせ場所に立っていた。なんでもないって顔で。ごめん、ごめんね、浴衣着れなくなっちゃった。そしたらノリちゃんは寄り添うみたいにやさしく抱いてくれる。大丈夫、大丈夫、あんま気にすんな、また来年の夏着ればいいじゃん。来年の夏。まだわたしはこのひとといっしょにいられて、それをこのひとはあたりまえだとおもってくれている。ひと回りおおきなからだに抱かれながら希望がはじけ飛んだみたいに目のおくであふれて、わたしは泣いてすがりながら、ずっとノリちゃんといっしょにいようとおもった。それから手をつないで屋台を回っても、大勢のひとごみも、クラスのだれかに見られるんじゃないかってことも全然気にならない。ざわざわした活気はむしろ引き立て役だ。それくらいわたしは無敵になれる。現実的じゃないかもしれないけど、わたしは、ノリちゃんとならこの島をでていけるって直感した。ノリちゃんとの恋愛がさいしょでさいごで、これ以外のかたちの愛なんてまるで考えられない。中学生がこんなのいうのはまだ早いかもだけど、どこかここから脱出したさきで、なんかちいさい家でふたりで暮らしたいとおもった。やりたいことはいっぱい尽きない。その1、海の近くの家に住む。この街はきらいだけど海だけは好きだった。その2、犬を飼う。ゴールデンレトリバーだ。ひととちがって動物はわたしにやさしいし、大型犬にわるい犬はいない。その3、かならず週1でいっしょにドライブ。わたしはノリちゃんのバイクの後ろにまたがって、背中にからだをあずけてる時間がすきだから。その4、その5……まだまだあるし、ぜんぶ付き合ってもらう予定です。でも、そうするのにいちばん厄介なのは、やっぱりお母さん。現実問題、お母さんをどうにかしないとわたしの人生ははじまらないだろう。わかってもらえるかはわからない、でもいまから、わたしはノリちゃんといっしょに家にいくつもり。ちゃんと話し合いをする。ノリちゃんといっしょなら大丈夫だとおもうし、だからこうしてわたしは待っている。バイクに乗って、ノリちゃんの背中から希望をもらいながら家に帰る。そしてケリをつけるんだ。わたしはあなたのおもいどおりにはならないということ、わたしは、あなたと違ってほんとの愛の在りかを知っているんだってこと、そしていまは無理でも、いずれわたしは成長してわたしが生きたいように生きるんだっていってやろう。遠くからあのバイクの音が聞こえてくる。やっときた、おそいよもう、でも振り向いてさがしたりしない。ノリちゃんがちゃんと……**ナツキ！**　って名前を呼んでくれてから、振りかえって一目散にその背の後ろに乗り込むんだ。バイクの音は近づいてきて

家のまえで停まる……ふる錆びた2DKのこのマンション、昼はパトカーと救急車のサイレンに夕方はオスプレイの轟音、夜になると馬鹿な不良たちがバイクをがならせて走っていって眠れず、うるさくいやな場所でおもえばわたしはずっといやな場所で生きてきた……伯父さんがよく戦時中の体験をはなしてくれ、レコードが聞けないのがほんとうに辛かったといっていたが、いまならきもちがわかる。伯父さんが生きていたころはよかった……音楽が好きなひとだったから、ちいさいわたしを膝に乗せてよく1曲弾いてくれて、それはアメリカの音楽がおもで、わたしはそれをウットリ懐かしい気持で聞いていたあの過去……ほんとうにこの人たちの血が繋がっているのか疑わしいほど、父は伯父とちがって厳しく寡黙で、プライドばかりのつまらない人間だった。酒飲みで、ただでさえ薄給な

のにすぐにパチンコに注ぎこみ、みるみるうちにすってしまう……くぬアメリカアぬバッタもん！　といって伯父さんが教えてくれた音楽を取り上げて、CDを叩き割る。いちど怒ると手がつけられなくなるので、母はできるかぎり刺激しないようにといいなりで、わたしにもそれを強いた。やすい瓶で殴られたあと、顔を腫らしながら頭を下げて、しかしそれでもちらりと深い眼光をやどして父を睨んでいる、母の視線……もともとちいさく虚弱だったと伯父から聞いていた。そのせいもあってか、兄に対するコンプレックスが屈折していたのだろう、米軍基地で働いていたときも、外国人たちにチビ助（ショーター）！　といわれからかわれていたらしい……窓の外を見る。ほとんど暗くなった階段を、奈都紀があがってくるのがかすかに見えた、それも男と手を繋いで。馬鹿な娘だとおもう、わたしに似ているし、離婚した父親に似ているし、わたしの両親に似ている……産んだころ、愛せるんじゃないかとおもっていた。でもそんなことはなかった。大声で喚く夜泣き、小便を垂れてやかましく飯を涎垂らして食う、この娘はわたしをいつも苦しめる……ぜんぶおなじだ。良くなることはなく、ただどうどう巡りしながら後退していくだけ。どうにかわたしが穏やかにやっていけそうになると、どこからともなくノイズが入り、生活を狂わせる。だれもかれも結局敵でしかなかった……伯父さんのギターが聞きたい、あの音だけが安らげる音だ。でも伯父さんはもういない。伯父さんは、ちょうど海兵隊のアメリカ人たちが、国頭（くにがみ）で女の子を犯して傷つけた事件が起きた年に死んだ。わたしは父の目を盗んで、どうにか伯父が入院している病院までバスで通った。伯父は高齢で、強姦事件に抗議する総決起大会に足を運ぶことができずに、悔しそうに怒りながら死んでいった……沖縄(うちなー)は何も変わっとらん、これは禍根だよ、お前は、しあわせに生きなさい。人間しあわせに生きないと嘘だよ……それはわたしのそばで、わたしがリクエストした曲を弾き語ってくれた伯父さんとは違う形相だった……ごめんなさい、伯父さん。しあわせになるのはひどくむずかしい……暗い時代だった。毒を撒いて人が死んだり、わたしとおなじ中学生がナイフで人の首を切り取ったりしていた。学校から帰ってくると、こっそりお小遣いを貯めて買った『たまごっち』が、父に叩き壊されたのをおぼえている。グシャグシャになった液晶画面のなかで、破損したデータの残骸に死んでいるまめっち……テレビのチャンネル権は父がすべて握っていた。ワイドショーの合間にながれる、ノストラダムスの大予言。もう伯父さんが死んでしまったのだから、恐怖の大王が再臨してすべて壊してしまえばいい……わたしは嘘が巧くなった。昼はスーパーのシフトで稼いでいるといいながら、ほんとうは夜職で稼いでいた……安室奈美恵になりたかった。おなじ沖縄出身で、家庭の呪いに敗けずに歌姫になった彼女は、かつてのわたしにとって憧れだった。茶髪のロングヘアー、細い眉、厚底を鳴らしてカラオケに直行する。頬には青痣をつくりながら……でもわたしは、アクターズスクールの金もなければ、だれかに見いだされる才能もなかった。さいごまで、わたしはだれにも見出されなかった女だ。男はわたしのからだを過ぎ去って、若さと性を破壊して愛さず、留まらない……くるしいなかで松山のキャバクラとソープや社交街を渡り歩いて、それでもずっとくるしいままだ。セックスは、束の間だけどさみしさが埋まるからきらいじゃなかったけど、膣も子宮も生理もきらいだった。じぶんが女だということにときどき耐えられなくなりそうだった……沖縄の女は女から産まれて、また出産をするために必要な男女のどちらかを産み、それから子宮をかたどった亀甲墓に還っていく……逃げ場のないしめった女体の島。茂っている亜熱帯の草は女の陰毛によく似ている……それでも堕胎せずに子供を産もうとおもったのは、希望があったからだ。わたしは何者でもないけど、両親とはちがうやり方で、いい母親くらいにはなれるんじゃないか。伯父さんがいうように、しあわせになれるんじゃないかと……でも結果はちがった。肉がかさを増し、皺が増えて性では稼げなくなるのに、性欲は残っている。男はみんないいようにヤっては消えていった、養育費もたいして手元にはなくてどうしてだかずっと生活はくるしい……いまでは社交街もみんな浄化されて、ゴーストタウンになってしまったし、安室奈美恵も引退だ。わたしの人生はなんだったのだろう、どうしてわたしはああなれなかった？……産まれたのが、女の子じゃなければよかったのかもしれないな。わたしは奈都紀を見ていると、むかしのわたしを見ているようでひどく苛々する。馬鹿で、じぶんで考えることができない。男を頼るしかない。でもそんなやりかたじゃどうにもならないんだよ……そういう意味で、やっぱり奈都紀は、なっちゃんはわたしの娘だ。わたしの馬鹿な娘……

わたしにはわかる、奈都紀は母親を捨てていったりできない。だってわたしの娘なのだから……扉が開く。玄関の暗がりでガキのカップルが手をつないで立っているシルエット。ただいま、と奈都紀がいう……だれなの？　かれは。わたし、だれに会ったかまいにちつたえるようにいってたはずだけど……憎たらしい顔をした男のほうがなにか言おうとするのを、奈都紀は手でちいさく止める。そして、わたしのほうに歩み寄り……お母さん、わたしはここの家からでていくよ……ぷっ、おもわず吹きだす。中学生が、それもあんたが？　ひとりじゃなにもできないくせして……本気だよ。たとえいまは無理だとしても、こんな家わたしはでていく。この街からも……そう、そりゃあよかったわね、でもちゃんと義務教育おわってから言ってくれる？　まあ、あんたはいくつになってもでていくとはおもえないけど……なんでもいいよ。それでもわたしはでていくから。ねえ、お母さん、もう殴るのやめてよ。いちいち小言いったり、足がうごかないなんて嘘ついて家事やらせるのも、やめて。わたしはあなたの奴隷じゃない。わたしのことはわたしがするし、自立したら家にお金も入れるから……ずっといやだった、男のひととか、親戚にたかって生きていくの。わたしのこと信頼してよ。ひとり娘でしょ、家族でしょ……キッと目を剝いて口答えしてくる。腰のよこで握る拳はふるえているし、こんな子がひとりで生きていけるはずない。というより、親戚どもがきらいなのはわたしだっておなじだ。じぶんがいちばん不幸だって顔ばっかかして、ああ、苛々する。これで反抗したつもりなのだから……家族だから言ってんの。あんたが頼りないことくらいわたしが知ってる。母親だから。別に勝手にしたらいいとおもうけど、あんたがおもってるほど世の中甘くないし、あんたが親をひとりにして出ていくとはおもえないわ。そんな育て方はしてないつもりだけど……わかったふうしないで。いつもそうだよ、なんでもかんでも決めつけて。お母さんは、おかしいよ……ひとのこと病気みたいに言いやがって。わたしは奈都紀に近づいて、頬に一発ビンタする。これは、躾……うるさいわねえ、いちいちいちいちでていくだのなんだの、親のことといじめて楽しい？　育てかたまちがえたわ。どうだっていいのよ、あんたが中学卒業したらどうなろうが。でもそれまでわたしには義務があんの、扶養する義務と就学させる義務。そんなことというまえに、あんた出席日数足りてんの。その年で髪染めたりして、ピアスまで開けて、色気づいて……わかったからこのよくわかんない男も帰しちゃいなさい。ひとの家庭のこと、無闇に他人に見せるもんじゃないってわからないかしら。あとはふたりで家で話すから……もういいよ、と言ってとつぜん奈都紀はわたしを突き飛ばす。暴力、この娘がわたしに暴力を振るったことなんて、いままでいちどもなかったのに……男のほうがなにか言おうとするのを、娘はまた制止して、最後通牒を突きつけるというふうに、卒業までなんて、待たないから！　わたし今日にでもここからでていく。もう無理、もう限界。我慢なんてできない。お母さんはこの汚くて狭くて暗い家でひとりで死ねばいいよ、わたしはでてく。わたしにはノリちゃんがいる。まだ文句があるんなら、学校にも警察にも児童相談所にも行くからね。それじゃあ、行こ、ノリちゃん。いいよ、気にしなくて。いいからはやくこんなとこからは逃げよう、見たでしょ？　このひと、余計なこと言ったらなにしてくるかわかんないよ……わかってないのは、お前のほうだ。ずぼらなところが似たのか、この娘は何をするにも制服ばかり着ていたはずなのに、いまはちがう服を着ていて、そういう馬鹿なところがほんとうに苛つかせられる。ちょっといい顔見せた男にすぐついていって、ぜんぶ助かるんだって勘違いして。現実を見ていない、この娘はわたしの馬鹿娘で、大嫌いだ……腹痛めて産んであんなにお金つかって育てたのに、最後がこれか？　馬鹿にしやがって……鼻息が荒くなるのがじぶんでもわかる。ふざけんな、奈都紀は背を向けて男と外へでていこうとする、ふざけんなよ。わたしは、むかし家族旅行で買った、お土産の木彫りの阿修羅を手に取って

一振りされると、鈍い音が鳴って、奈都紀はまえむきに倒れた。奈都紀の母親は、奈都紀に馬乗りになって、もういちど、阿修羅像を振りあげる。コノ馬鹿娘、下品（フリムン）、アンタサエイナケレバ。奈都紀は顔を手で覆って、痛い、痛い、とちいさな声で泣いている。ごめんなさい、ごめんなさい。おれは茫然としていたが、すぐにこの異常を理解して、奈都紀の母親にタックルする。太った身体にかさなって、おれは倒れた。そのとき、阿修羅像が床

を転がっていくのが見えて、安心したが、すぐに喉に手がかかった。おれの下にいる、奈都紀の母親が、それこそ阿修羅の形相で睨みながら、両手で万力のように、おれの首を絞め上げてくる。何スンノヨ、アンタミタイナ馬鹿ナ男ノセイデ、ワタシタチハイツモクルシイノヨ、クソ、殺シテヤル、殺シテヤル。喉の奥から、くるしい息が洩れる。おれは、拳を固めて殴りつけようとするが、女の顔をかすめるだけで、クリーンヒットしない。それに力も抜けていく。徐々に、体勢が逆転して、おれは女のしたに敷かれながら、その体重が掛かった力で首を絞められ、意識が遠のきそうだ。さっき、奈都紀がひとりで会話すると言ったとき、無理やりにでも止めて、おれもこいつを説得すればよかった。そうすれば、こんなに逆上させずに済んだかもしれない。うえにある、女の顔は、力の入れすぎでぶるぶる震えて、その太ってたるんだ肌が、小刻みにうごいていて、おもしろかった。こんなのが奈都紀の母親なのかと、場違いなことだが、残念におもった。本気で殺そうとして、前のめりになり、女の顔が近づいてき、興奮した、フー、フーという息がかかって、気持ちが悪い。最後にみる景色が、こんなのだというのは、最悪だとおもった。クソが、クセえんだよ、ババア。このまえ、休み時間に、周のやつからふざけて、ヘッドロックをかけられたが、こんな威力じゃなかった。男子高校生のヤンキー以上の力を、こんなババアがだせるはずはない。きっと、いままでの、人生でうまくやれなかった恨みがぜんぶ、おれの首にかかってるんだ。クソ、迷惑すぎる。来週は、奈都紀と北谷(ちゃたん)行って、アメリカ人のあいだでパフェ食うって、約束してんのに。本気で死にそうだ、とそのとき、おれは忘れていたアレの存在を、おもいだして、バッグを探した。背負っていたバッグは、いまも背中にあった。なかには、アレがまだあるはずだった。おれは手を伸ばしたが、ぎりぎり、ジッパーまで届かない。じりじり、閉じたジッパーめざして体を揺する。ヤバイ、死にそうだ、と目玉が飛びだしそうになりながら、諦めそうになったとき、どうにか親指と小指が、ジッパーにかかった。そのまま勢いよく上まで引っ張って、バッグをあけ、そのなかから、**肝試しで拾った錆びた軍刀**を取りだした。おれはその軍刀の切っ先を、ババアの目に突きつけて、決死の力で殴りつける。首を絞める力が緩み、すかさずもういちど、こんどは全力を入れてババアの顔面を殴った。ババアは呻き、片目から血をながしながら、床を這い逃げようとする。殺されそうになって、ムカついたから、おれは蹴りを喰らわす。ちっちゃい頃、よく突っついて遊んだダンゴ虫みたく、ババアは丸まって、壁際で詰まる。おれは持ったままの軍刀で、なにかに急かされて、そのダンゴ虫をぶん殴った。軍刀はもう古錆びていて、ナイフの鋭さはなかったが、鈍器として使えた。ムカつきは収まらず、というか殴れば殴るほど増していき、こいつがおれを殺そうとしたこと、こんなのが奈都紀の母親で、奈都紀を苦しめていること、そしてこれからも苦しめていくだろうということ、そういう憎しみが、殴るほど増えていって、ぶっ殺す、とおれはおもった。壁際で滅多打ちにしていると、棚から、家族写真が落ちてきて、割れた。オ父サン、ゴメンナサイ。オ父サン、ゴメンナサイ。急にガキみたいな声で、ババアはそう繰りかえす。おれはお父さんじゃねえよ。謝んなら、奈都紀に謝れよ、そう怒鳴ってもババアは相変わらず、ゴメンナサイ、オ父サン、ゴメンナサイ、オ父サン。こんなふうにずっと、こいつは奈都紀のことを見ず、じぶんのむかしのことだけを考えていたんだと考えると、余計腹が立ち、おれはさらに力を込めて殴ったし、蹴った。苛ついてカーッと熱くなる頭のなかで、人の体を殴る、かわいた音だけが響いていて、おれはずっと、その動きを繰りかえした。しばらくすると、ババアは声を挙げなくなり、すこしも身動きしなくなった。ただ、顔を下に向けるだけになって、おれの攻撃から、ガードしていた腕もだらんと垂れて、片目から血の涙をながしたままだ。冷静さがぶりかえしてきて、怖くなり、頬をかるく叩く。反応はなかった。後ろを振り返ると、奈都紀は頭から血をながし、膝を曲げて、床にぺたんと座っていた。おれは、奈都紀に近づいていき、その脇の下を抱え、起こそうとすると、そのまま、奈都紀はおれにむかって体を倒して抱きついてきた。奈都紀は、くっ、くっと笑っているような、泣いているような感じで震え、おれの背中に爪を立てながら、激しくかき抱いてくる。とにかく、この場から逃げないといけなかった。いつの間にか、もう後戻りできない場所まできてしまった。おれたちは、意外に冷静で、むしろ、こんな状況だから冷静でないとどうにもならず、奈都紀は、死体がいる部屋のなかで、歯ブラシと着替えをバッグに詰めた。警察に行くことは、ひとまず、考えになかった。それは奈都紀のほうもおなじなようで、ねえ、これからどこ行こうか？　と聞いてくる。わからん、とおれは言った。ただ、ここじゃないどこかだということだけは、はっきりしていた。財布、持ってったほうがいいよね、と奈都紀が聞き、おれはうなずく。どのくらい逃げることになるかわからん、もうガソリン代もないしな、あるだけあったほうがいいだろ。お互い、冷静でいるよう努力していた。りょーかい、と言って、奈都紀は家のなかを漁りだし、棚のなかから、母親の財布と薬箱を見つけだした。阿修羅像で傷つき、血がでている頭を、洗面台で洗いながして、ガーゼを巻く。でる間際、ぼんやりと家を眺めているその横顔に、おい、奈都紀、と名前を呼ぶと、奈都紀はハッとしたようにこっちを向いて不自然に微笑みながら、ごめん、ぼーっとしてた、行こ、と答えた。おれたちは、モンキー・ハチハチに二人乗りになって、家をあとにした。どのくらいで警察くるだろな、と独り言のようにつぶやくと、後ろの奈都紀がそれを拾って、すぐには見つからないはずだよ、だってお母さん、わたし以外で外との繋がりないし、と言う。道はまだ渋滞を起こしていた。仕事終わりの奴、これから遊びの予定がある奴、特になにもないが街に繰りだしている奴。そういう連中が乗る、車の赤いテールランプが照らす道を、おれたちは、モンキー・ハチハチで縫うようにして通り抜けながら進んだ。宛てもないのに急いでいて、そのおかげで、わりと無理やりなすり抜けを何度かやったが、だれも怒らなかったし、クラクションが鳴らされることもなかった。二人揃って、おれたちはすでに見捨てられていて、もうだれにも見えなくなり、気にも留められなくなっているような気がし、不安になった。おれたちは、コンビニとショッピングモールで買い出しをすまして、ネカフェに直行した。途中で奈都紀の頭から、また血が流れてきたので、ジャージを頭にぐるぐる巻いて、それから個室に入った。高くなった床の上で、抱き合いながら、寝そべっていると、お母さんもういないんだ、と奈都紀が言った。しばらく黙ったあと、殺したんだよ、と言うと奈都紀は、聞きたくないという風にふいに立ちあがり、暇だし、漫画取ってくる、と言って部屋からでていった。おれはチーズ味のじゃがりこを齧りながら、どうやっても読み切れるはずもないのに、『進撃の巨人』だとか、『バキ』だとか、『NANA』だとか、『ゴールデンカムイ』だとかのシリーズものを、奈都紀ががんがん持ち込んでくるのを横目で見ながら、シャワーを浴びに行った。シャワー室は、ルームのいちばん奥にあり、なかにはいると、そこは全体的に青ざめて、錆びが巣くっていて、刑務所みたいだった。服を脱いで、鏡のなかを眺めていると、そこに写っているのが一瞬じぶんだとわからず、別人に見えた。おれは、いままで生きてきて、こんな死んだ顔をしたことがない。シャワー室は狭く、ひと一人が立ってどうにか水を浴びれるくらいで、飛び散る水の響きを聞いていると、じぶんが、ふいに世の中のいちばん端っこに連れてこられたような、そういうきぶんになった。昨日まで、ふつうの人間だったはずなのに、おれはいま、どこにいるんだろう。おれの祖父（オジィ）は、むかし学生運動やって捕まったらしく、しかもその叔父は、どこかの孤島で戦死したのだと、聞いたことがあった。おれら（わったー）の男は、貧乏くじ引きやすい血みたいだから、お前も気をつけろよ、と親父（おとう）が冗談半分に言っていたが、まさか、こんなことでほんとうになるだなんて、思いもよらない。ため息をついて、ごわついたタオルで体を拭き、個室にもどると、奈都紀が、床に財布の中身をぜんぶ広げている。4万と8千と2百と6円、これでどこまで行けるかな、と聞いてくる。おれは考えつかず、その答えをシカトするために、奈都紀に黙って抱きついた。髪はすこし湿っていて、汗と血の匂いがする。ねえノリちゃん、これでいっしょに、沖縄からでない？　そう提案されて、おれはそれをいままでまったく考えたことがなかったから、理解するのに戸惑った。沖縄からでていく。それは確かに、やろうと思えばできることだ。しかし、透や周みたいな友だちとか、親を捨ててどこかへ行く、となると、おれには具体的に想像できないことだった。ようやく、じぶんのしでかしたことの意味がわかってきて、そうだ、もうおれはここにいられないんだ、とわかり、びっくりした。その夜、シャワーを浴びたショートパンツ姿で、奈都紀が個室にもどってきて、キスをしてきた。おれはいつもどおりそれを無視し、断ろうとすると、いまさら中学生だとか関係ないじゃん、と奈都紀は言う。それは、そうではあった。それでも無視して、コンビニのカツカレー弁当を食べていると、奈都紀は、備え付けのテレビでAVを流しはじめ、執拗に誘ってくる。誘われるがまま、おれたちははじめてセックスをした。個室のなかには、開いたままの漫画や、お菓子の袋が散らばっている。そのなかに、破けたコンドームもある。奈都紀の体はちいさく、骨ばっていた。ちいさい頃、巣から落っこちた雛鳥を拾って、世話をしたことがあるが、奈都紀の体はそれに似ていた。腰を振っていると、その動作の繰りかえしが、じぶんのなかで崩壊してきて、リズムが狂いそうになるのを、どうにか留めて、挿入し続けた。はっきりいって、たいして気持ちよくなかった。むしろセックスがおわったあと、裸のまま、並んで寝ているほうが安心感があり、となりで寝ている、生のままの奈都紀の胸に手をあてると、ドクン、ドクン、と心臓が鳴っているのが聞こえた。それはおれを落ち着かせたし、逆に、こんな幼い女の子がおれにすべてを投げだして、あずけているのだと思うと、不安になり、逃げだしたくもなった。一週間ほど、おれたちは近場のネカフェを転々と移動した。そのうちに、計画もできあがってきた。沖縄からでる、にしても、飛行機はだめだった。おれたちだけじゃ、まず搭乗手続きをくぐり抜けられないだろう。しかしフェリーなら、可能性はあった。何度か乗船したことはあるが、那覇の港に発着する船は、どれも飛行機ほどには手続きは複雑じゃないし、扉は開け放たれている。人の目を盗み、一目散に船内へ駆け込めば、どうにかなるかもしれなかった。二日後に、那覇と鹿児島をむすぶ航路の船がでる。ちょうど夏のシーズンのおわりだ。Uターンする大勢の観光客たちに混じることが、できるかもしれない。無謀ではあるが、それに乗ってでるよりほかには、ここから抜けだす方法はなかった。奈都紀にこのことを話すと、いいね、じゃあわたしたち初めての船旅だ、っていうか初旅行だね、と賛成してくれた。ともかく、それまでは下手に動かず、このネカフェを陣地にしたほうがいい。朝、奈都紀はまたセックスをねだりはじめた。腰が痛く、精神的にも、肉体的にも疲れていたものの、奈都紀はそうするより仕方なかったようで、ただ、お互いの欠けたなにかしらを埋めるために、おれたちはまた体を重ねた。奈都紀は、床で仰向けに寝ているおれのズボンを下げ、股間を撫でて、勃起させてから、ゴムをつけてじぶんのなかに入れた。そのまま上に乗って、奈都紀が腰を回しはじめる。射精しそうになった、とそのとき、となりの個室の塀から、スマホの先端のカメラが覗いているのが見えた。イッて満足して、おれの脇あたりに顔をうずめてくる奈都紀を押しのけ、起き上がり、ズボンを穿く。それからとなりの個室のまえに立って、おい、撮ってただろ、と低い声で言う。返事はなかった。焦っているあまり、おれはドアを無理やり越えて、個室のなかにはいる。なかにはロン毛の男が座ってい、信じられないものを見る目で、おれを見ている。撮ってただろ、お前、消せよ。なんなんすか、急に入ってきてなに、ていうかきみ学生さん？　高校生くらいだよね、こんなことしていいの？　親とか学校とかに言われたら、どうするの。埒が明かないことがわかり、おれは、ロン毛が持っているアイフォンを奪い取り、テレビが載っている台に、力いっぱい叩きつけた。全壊とまではいかないが、画面にはヒビがはいる。ロン毛は怯えをなして、おれの横を急いで這ってすり抜けて、逃げていった。音を聞いて、朝方にネカフェにこもっている、パッとしない連中があつまってくる。ここはもうだめだ。カウンターに代金を置き、理解しきれていない奈都紀を連れて、またモンキー・ハチハチに乗り、ネカフェから逃げる。奈都紀の母親を殴り殺してから、おれはどうかしている。じぶんがどうなってしまったのか、じぶんでも、わからなくなっていた。どうするの、ねえノリちゃん、どうするの？　曇天で、残暑の湿気がある生ぬるい、重ったるい風が、ただでさえまともに風呂に入れていない体にまとわりついた。とにかく、さきに港のほうに着いてしまおう。おれはそう考えて、小道を抜けて58号線沿いにバイクを走らせたが、そこはすでに埋まっていた。基地移設反対。そうプラカードを抱えた集団が、道を塞いでしまっている。仕方なく、おれは小道のほうへ引き返した。満潮の黒い波でいっぱいの、海沿いのカーブに差し掛かったとき、奈都紀が、ねえ、ノリちゃん、わたしのせいでこんなことになって、ごめんね、とふいに謝ってきた。わたしに付き合ってくれたおかげで、こんなことに付き合わせちゃって、わたし、ノリちゃんのこと大好きだよ、だから、仕方ないって思う、だってここまで来ちゃったもんね。ノリちゃんはさ、わたしも殺すつもりなんでしょ？　殺しちゃえば、アレを見た人間は、いなくなるもんね。そんなわけはなかった。第一、おれも奈都紀が好きじゃなかったのなら、わざわざこんな面倒を背負ったりしない。そう答えようとすると、奈都紀の手は、まず後ろから抱きしめているおれの腹、つぎに両肩、そういう風にゆっくりと上に上がってきた。ノリちゃん、ほんとうのほんとうに大好きだよ。そう言って奈都紀の手は、おれの目を蔽った。暗闇の中で、モンキー・ハチハチが走る音と、やわらかい奈都紀の手の感触だけが残る。それも束の間で、つぎの瞬間、すべてがなくなって、鋭い閃光だけが視界にあらわれて、おれたちはスリップした。鈍くおおきな音が鳴り、目をあけると、落ちてきそうな曇り空が広がっている。きしむ体をどうにか起こし、周囲を確認すると、ひしゃげたガードレールの横に、ぐしゃぐしゃにぶっ壊れたモンキー・ハチハチの姿があり、その残骸のなかで奈都紀が、体を真っ赤に染めて倒れている。くらくら目眩がする頭に、遠くから、サアーッと雨が降りだす音が聞こえる。よろめきながら奈都紀に駆け寄って、その半分はじけた赤い顔を見て、おれは慌てて人工呼吸をする。どう考えたって、いますべきことはそれではなかった。しかし、体は言うことを聞かず、おれは唇にくちびるをあてて、息を吹きこむ。折れてしまいそうなちいさな胸に、手を当てて、必死に圧迫する。こんなことなら保健の授業をちゃんと聞いとくべきだった、と場違いなことを思いながら、無意味に動きを繰りかえすが、奈都紀が起き上がる気配はない。静かな土砂ぶりの音だけが聞こえる。救急車、とおれはようやくわかって、スマホを取りだし、電話を掛けようとするが、おいお前（えーやー）、何してるんだ（ぬーしちょうが）、という声。振り向くと、釣り竿を持ったオジイが、怪訝そうな顔でこっちを見ている。目が合うと、オジイは、よたよたと走り寄ってきた。おれはどうしようもない恐怖におそわれて、立ちあがり、踵を返して、奈都紀から背を向けた。濡れたまま、走りだすとこうちゃんがころびそうになるので、わたしは後ろをみながら、手をだしていっしょに走って島尻オバアの家まで帰りました。かーなーは泣いてないのに、こうちゃんは帰ってもまだ泣いていて、なんてなさけない！　だから、こうちゃんからさきに魂込め（マブイグミ）をすることになりました。海の水でいっぱいぬれたかーなーたちを見て、島尻オバアは目ん玉ぐりっとして、あいえーなあ！　お前たち（いったー）海行ってきたでしょ！　お盆に海行ちねーやなーてぃオバア言ちゃしが！　とおこってかーなーたちの頭をこねくり回すから、おもしろくってずっと笑っちゃっていました。お盆だから、こうちゃんが魂込め（マブイグミ）してるあいだにも、親戚のひととかがいっぱいきて、あれお客さんきてるねえ、とオバアちゃんに言われたので、こうちゃんの友だちです、ってかーなー言いました。こうちゃんおっちょこちょいだから、かーなーいないとあぶないから守ってるんです、とうでをぎゅっと組んで言うとみんなわらって、そうだねえ（やさねえ）、こうちゃんは天ねんだからかなちゃんが守ってあげんと、って言ったり、かりゆしウェア着たつるっぱげのおじさんは地なりみたいな大声で、こんなちっこいのにしに男勝り（いきがまさい）だな、浩輔は安心やさってわらいながら言いました。島尻オバアの家は色んなひとでいっぱいです。金髪で背が高いハリウッドスターみたいなアメリカのお兄さんもきていて、アレ、マダヤッテマスカ？　と聞いてから、線香をあげたらすぐ帰っちゃいました。聞いてみると、米軍基地ではたらいてる親戚みたいです。すごいつながり！　途中、女の子とそのお母さんがダックスフントを連れてきて、お目目くりくりでひとの家なのにお利口さんでちょーかわいかったので、ぎゅーしながら毛のもふもふをナデナデしたりもしました。犬を飼ってる女の子はかみを頭のよこで二つにまとめたツインテールで、こっちもかわいくっていいなーっておもったから、はなしてるとかーなーとおなじで『プリキュア』が好きってわかったのですぐ仲良くなって、畳にすわって、いっしょにスマホで動画みました。もちろん、ダックスフントのソラちゃんもおとなりに。家のなかはにぎわっていて、線香がいいにおいです。島尻オバアは車いすにすわっていて、とっても器用にタイヤを回しながらてきぱきうごいて、あっちに行ったりこっちに行ったり、料理つくったりもしていていてとても94歳とはおもえないすばやさ！　なかでもおもしろいのは、ひとと話してないときでも、オバアが誰かとおしゃべりしながら色々していることでした。島尻オバア、誰と話してるのー？　誰もいないよ、って教えてあげたら、オバアの初恋のひとがきたからね、話しちょーるわけさ、もう死んでるけどやー（なーしじょーしがやー）、って言うのでかーなーはわらって、ユーレイとは話せないよ、って言ったらオバアはべつにあたりまえみたいな感じで、話せいさあ、って言いながらまた誰かと仲良くおしゃべりするのでちょっとびっくりです。でも、死んだ初恋のひととまた会えるのってロマンあっていいかも。バレバレかもだけど、かーなーはこうちゃんのひいおばあちゃんが大好きです。かーなーのオバアが、かーなーが生まれたらすぐ死んじゃったからかもしれないけど、でも島尻オバアといっしょにいたらずっとおもしろい。島尻オバアがつくるアーサもジューシーもおいしくて、おぜんのなかにあったチロルチョコと、タンナファクルーもいっしょに食べました。さきにたくさん食べておなかいっぱいなふりしとかないと、オバアは食べろ食べろ（かめーかめー）アタックをしかけてくるから大変なのです。でもかーなーの家もお盆やってるから、そろそろ帰らんとヤバいかなー、っておもってたとき、ちょうどこうちゃんが帰ってきました。魂込め（マブイグミ）おわったみたいでこうちゃんはもう泣くのをやめてて、こうちゃんのお母さんが手まねきするからつぎはかーなーの番。こわくなくなった？　って聞いたら、まだちょっとこわい、ってこうちゃんは言うから、ふん！　かーなーはぜんぜんこわくないよ、魂（マブイ）だって落としてんし！　って言ってソラちゃんの毛をなでてから、トイレに行きました。そのとちゅうで、浩輔！　浩輔！　浩輔！　って島尻オバアが大声でどなってて、こうちゃんがそのあと大声ではずかしそうに、はーい、はーい、はーいと言っていて、わらい声がおこっていました。いまからかーなーもこれをやるんだなあって考えたら、さすがにちょっとはずいきぶんです。わたしのお母さん、つまり島尻オバアの娘で、こうちゃんのオバアちゃんはね、とこうちゃんのお母さんは準備しながら言いました。魂込め（マブイグミ）の達人でね、道具なしでも魂（マブイ）ひろってきたのよ。戦争でユーレイにとり憑かれていた、島尻オバアの夫の魂（マブイ）も楽勝でひろってきたらしい。ま、わたしにそんなことは無理だから、こうして用意周到にやるしかないわけだけどね。こうちゃんのお母さんは、さいしょは火ぬ神に線香をいっぱい立てました。それからかーなーは着ていたミッキーのTシャツをぬいで、それを置いてから拝みがはじまりました。あな尊し(ウートートー)、火の神さま(ヒヌカンガナシー)、今日(チュー)ヌユカル日、浦添デスダチグンシャイブル、島尻ヌ家(チ)ネーサンムトゥ……と呪文(グイス)をとなえながら、かーなーの住所とかお母さんの名前とか(古いつきあい? ってやつみたいで、かーなーの家族と島尻オバアはむかしから仲が良くて、なんでも知っています)を言います。いちおう、かーなーも後ろで手を合わせていました。置いたミッキーのTシャツに、魂よもどってきてください(マブヤーマブヤーウーティクーヨー)、と3回となえて、こうちゃんのお母さんは葉っぱを結んだ魔よけで魂(マブイ)をあつめます。それから魔よけを線香とか、Tシャツのうえとかでくるくる回します。それがおわったらこんどはかーなーが、はーい、って名前を呼ばれて返事する番。

いっぱいお客さんがいる居間をとおると、なんでか知らんけど、こうちゃんが島尻オバアにおこられていました。**月(ちち)ぬ走(は)いや、馬(うんま)ぬ走(は)いさ、**浩輔、**馬さながらに歳月は駆け抜けてしまうのだから、時をだいじにすべし、けれど苦悩は結局なくなるものとしてほうってしまいなさい!** かーなーの好きな島尻オバアの口ぐせで、説教されているこうちゃんはもどったかーなーをみたらぽっと顔を赤くして、目が合ったのにすぐそらしちゃいます。なんだろう? ふしぎにおもったけど、かーなーたちは魂込め(マブイグミ)のつづきがあるから玄関に行きました。こうちゃんのお母さんは島尻オバアをよんで、それからかなの魂がついてきました（カナヌマブヤーヤウーティチョーンドー）、って言ってまた島尻オバアが、かな！　かな！　かな！　はずいけど、やるしかないしかーなーもはーい、はーい、はーいと返事しました。それから、さっきの魂（マブイ）がはいったミッキーのTシャツを着ると、オバアが魔よけを頭のうえで右に回します。魔よけが回っているあいだ、今年の夏も、いろんなことやったなあ、ってなつかしくおもっていると、そういえば読書感想文の宿題をぜんぜんやってないことにとつぜん気がつきました。ちょうヤバいです。トントン背中を叩かれたり、体に塩とかお酒をすりこまれたりしながら、ねえ、島尻オバア、かーなーにも読める本ある？　夏休みの読書感想文、まだおわってんわけさー、と言ったら、あい！　うれー大変（でーじ）だねえ、待っちょおけよ、と言ってタイヤをきゅるきゅる回して家のなかにもどっていきます。島尻オバアは読書家ってやつで、さすがに目が遠くなってもう読めないけどへやには文学全集がいっぱいあって、たまに、オーディオブック？　ってやつで、こうちゃんがスマホで本を読み聞かせているのを見ます。なに持ってくるのかな？　っておもって玄関で待っていると、魂込め（マブイグミ）がおわってちゃんともどってきた魂（マブイ）といっしょに、よんでないやつまでよんじゃったみたいです。それは透にーにーでした。透にーにーは玄関のかいだんをのぼってきて、かーなーをみつけるとすぐおこって、えー、お盆なのにお前いつまでひとさまの家にいるば、母さんカンカンだからはやく帰るよ、って耳をつねってきます。いたいいたいいいたい、透にーにーはすぐおこるしヤンキーだからきらい！　すんませんこんないそがしい時に、すぐつれて帰りますから、って言うとこうちゃんのお母さんが、いやいや、いいのよべつに、かなちゃん来ると家のなかにぎやかになるし助かるわ、オバアも喜ぶし、と言います。ほら見たことか。透にーにーがいじめるのからにげようとして、じたばたしてたら、家のおくから島尻オバアとこうちゃんがいっしょにやって来ました。くり貸らちとぅらさ、オバアの好きな絵本。そう言って手わたされたのは『クレーの天使』という白い本でした。谷川しゅん太郎？　ってひとが書いた本で、ぺらぺらめくってみたらかーなーでも描けそうなかんたんな天使の絵がいっぱいあります。ページ少ないし、ぜんぶひらがなだからすぐ読めそう。ありがとー！　島尻オバアはしわくちゃの顔をもっとしわしわにしてかわいくにことわらいます。もっといたかったけど、透にーにーがうるさいから、帰ることになりました。手をふって、ばいばいしながら帰ると、なんかこうちゃんはちょっと言いたいことがありそうな顔でばいばいしていました。気になるけど、明日聞けばいいっか。家に帰って透にーにーとお母さんにはさみうちにされておこられた後、オバアから借りた『クレーの天使』を読んでみました。おもったとおり、寝るまえにすぐ読みおえられて、いちばん好きな天使は、表紙にもある羽をはやして手を合わせて、ねているような、ほほえんでいるような顔をしている『忘れっぽい天使』です。でも、そのよこに書いてある詩がよくわからない。詩ってぜんぶよくわからないからきらいです。もっとわかりやすく書けばいいのに。つぎの日はお盆のさいごの日のお送り（ウークイ）で、さすがにこんどはお母さんに家のお盆の手伝いをさせられて、にげられなかったけど、親戚もご先祖さまのユーレイもみんな帰したあとは島尻オバアのとこに行っていいことになりました。道巡礼さいごだから、こうちゃんと見てくる！　って言って家を飛びだします。島尻オバアの家もお見送りがおわったみたいで、きのうとちがってひっそりしていて、なんかさみしい。シーンとした空気で島尻オバアが仏だんに手を合わせてて、そこに行ってあいさつしたら、うれしそうな顔。さっそく『忘れっぽい天使』の詩の意味を聞いてみると、オバアはいったーわらびんちゃーぬくとぅ、みーさる天使やんでぃうおもうとるくとぅやさ、とやっぱりよくわからない答えでした。もう一回質問しようとしたら、そのとき、遠くからエイサーのドン！　ドン！　ドン！　って太鼓が聞こえてきて、今年の道巡礼がおわろうとしてたから、いそいでこうちゃんよんで、ごめんオバア、またあとで聞きにくるねー！　と言って、二人で走りはじめました。おわってもお盆のにぎやかさはまだあって、こうちゃんと手をつなぎながら、ドン！　ドン！　ドン！　夜に鳴っているその音のほうに、はやくはやくと走っていきます。野良ねこがよくとおっている、ひとの家のへいのうらをぬけて、かーなーたちしか知らない秘密の道も全速力で走って、音のほうへ、音のほうへとすすんでいったら、それが正解だっていうみたいにひとの数がふえてきました。みんな道巡礼を見にきているのです。ひとのながれは台風の日の水みたいにいっぱいあふれて、あふれるとひとつの場所に合流して、そこが音のありかなのでした。ドン！　ドン！　ドン！　音はどんどんおおきくなって、小道をぬけたもうすぐのところにひとがみんな集まっているのが見えます。そして、そのひとのあいだから赤いエイサーの太鼓や、おどっている女手、三線をひいている地謡（じかた）をのせたトラック、それにいちばんは突きでた旗頭（はたがしら）がひとのならんだ頭たちからにゅっとでて、空でひらひらまっているので、ここが移動している道巡礼（ミチジュネー）の先っぽでまちがいありません。いたよ、ほらこうちゃん、行こう！　ひとだかりに指さしてかーなーがもうそこまできた道巡礼（ミチジュネー）に連れていこうとしたら、こうちゃんはきゅうに止まって、かーなーと手をつないだままなんか深呼吸して、**月ぬ走いや、馬ぬ走い**、とぼそっとつぶやきました。え、なにきゅうに？　ふしぎにおもっているとこうちゃんはこんどはとつぜん大声になって、かなちゃん、ちょっと話があるんだよ、って言いました。マジでなんだろう？　ひといっぱいでこわくなっちゃったのかな。いったん手をはなしてこうちゃんとむきあったら、好きです、かなちゃんのことが、って。時間がとまって、音もとまったみたいで、でもエイサーのドン！　ドン！　ドン！　っていうひびきだけはあって、ちゃんと体はふるえています。そんななかで、こうちゃんのしんけんな顔が、ずっとはっきり見えました。ぼくはかなちゃんのことが好きです、だから彼女になってくれませんか。体にはふるえだけあって、でもことばはつたわっていてふしぎな感じです。目と目が合ってぜんぜんそらせないし、そらそうって考えることもできません。なにか言わなきゃ、っておもうけど、めっちゃはずかしくて、うれしくもあるせいでことばがでてきません。ヤバい、どうしよう、かーなー、どうしちゃったんだろう。そのときでした。ぜんぜん気にしてなかった、小道のわきにいるかげがうごきます。かげはひざをだきしめてうずくまっていたけど、いまはゆっくりおきあがって、そのすがたがくらやみのなかにでてきました。びくっとしてそっちを見たら、それはぼろぼろの服を着た、血だらけになっている男のひと。どう見てもふつうじゃなくて、手には**石みたいな古い赤いちいさな刀**をもっていました。いつもならすぐうごけるのに、そのひとがあんまりこわくて、声もでないしぜんぜんうごけなくなってしまいました。中学生とか、高校生とかに見えるので、大人ではないはずだけどその目は、いままで見たことないくらいまっ黒でこわい目をしていました。ひっ、となって、うごけない。そしたら、こうちゃんがかーなーのまえにでてきて、両手をいっぱいひろげて、そいつのまえに立ちました。そいつは刀をもったまま近づいてきます。そいつは、かーなーのまえに立っているこうちゃんをじっとみて、にらみ合いです。いきができなくなって、ずっとつっ立っていました。そしたら、そいつが、刀をふりあげてもうだめだ、って目をつむりそうになったら、ませガキがよ、って言ってこうちゃんの頭を刀でやさしく、こつん、と叩きました。その後、そいつはかーなーたちのことは見ないで、道巡礼（ミチジュネー）のいるほうとははんたい、ひとのながれとは逆むきのくらやみに歩いていきます。わけもわからないで、ドキドキしたむねとこころをおさえながら、どこかに消えてくそいつの背中をみていると、なんでなのかわかんないけど、きのう読んだ『忘れっぽい天使』の詩がしぜんとおもいうかんできました。それは、こういう詩です。くりかえすこと／くりかえしくりかえすこと／そこにあらわれてくるものにささえられ／きえさっていくものにいらだって／いきてきた……わすれっぽいてんしがともだち／かれはほほえみながらうらぎり……すぐそよかぜにまぎれてしまううたで／なぐさめる……手のなかにあたたかいものを感じて、それは見るひつようもなくて、すぐにこうちゃんの手だってわかりました。この手のあたたかさはこうちゃんの体の血のあたたかさだとおもうし、たぶんそれがわかるのは、かーなーの手にもあたたかい血がながれているからです。だいじょうぶ、ってこうちゃんは言いました。だいじょうぶだ。かーなーもうなずいて、うん、だいじょうぶだよ、と言いました。すこしわらって二人でいっしょに歩いていきます、とりあえず、音の鳴るほうにむかって。もちろん、好きの返事は、それからすぐに言うつもり……ああ　そうだったのかと／すべてがふにおちて／しんでゆくことができるだろうか……さわやかなあきらめのうちに／あるはれたあさ／ありたちはきぜわしくゆききし／かなたのうみでいるかどもははねまわる……そんな感じで、かーなーはこうちゃんのあたたかさを手さぐりします。そうしていると、かーなーたちがここにいるすごさとすてきさが少しわかったような、そんな気がしました。

おもな参考資料

芝田秀幹『「沖縄闘争」研究序説—1960年〜祖国復帰の「沖縄」を巡る学生運動—』（沖縄国際大学法学会『沖縄法学』第47号、二〇一九年）
島尾敏雄『その夏の今は・夢の中での日常』（講談社文芸文庫、一九八八年）
立花隆『中核vs革マル』（講談社文庫、一九八三年）
中野重治『村の家・おじさんの話・歌のわかれ』（講談社文芸文庫、一九九四年）
本田靖春『私戦』（河出文庫、二〇一二年）
山下靖子『戦後米国の沖縄占領下における女性たちの移動に関する研究—「戦争花嫁」と「逆戦争花嫁」をとりまく条件と法整備と川平ワンダリーの事例—』（津田塾大学国際関係研究所『総合研究』No.7、二〇二一年）
パウル・クレー（絵）、谷川俊太郎（詩）『クレーの天使』（講談社、二〇〇〇年）
T・S・エリオット、西脇順三郎（訳）『荒地』（『世界文学全集48　世界近代詩人十人集』河出書房新社、一九六三年）
ヴァルター・ベンヤミン、野村修（訳）「歴史の概念について」（野村訳編『ボードレール　他五篇：ベンヤミンの仕事2』岩波文庫、一九九四年）
琉球新報社「理想の復帰へ意思表示「今度こそ」　学生運動で拘束、友の死に無力感も〈復帰50

年夢と現実〉２続き」、琉球新報２０２２年5月7日公開（最終閲覧：２０２４年4月23日）

https://ryukyushimpo.jp/news/entry-1513108.html

初出　「群像」二〇二四年六月号

装幀　川名潤

豊永浩平（とよなが・こうへい）
二〇〇三年、沖縄県那覇市生まれ。琉球大学人文社会学部在学中。
二〇二四年、「月ぬ走いや、馬ぬ走い」で第六七回群像新人文学賞を受賞。

月(ちち)ぬ走(は)いや、馬(うんま)ぬ走(は)い

二〇二四年七月九日　第一刷発行

著者　豊永浩平(とよながこうへい)

発行者　森田浩章

発行所　株式会社講談社
〒一一二-八〇〇一　東京都文京区音羽二-一二-二一
電話　出版　〇三-五三九五-三五〇四
　　　販売　〇三-五三九五-五八一七
　　　業務　〇三-五三九五-三六一五

印刷所　TOPPAN株式会社

製本所　株式会社若林製本工場

ISBN978-4-06-536372-0